Angélica Pandolarium :

Les chasseurs de Toons

Angélica Pandolarium :

Les chasseurs de Toons

Bracque Samuel

2020, Samuel Bracque
Édition :Bod — Books on Demand
12/14 rond-point des Champs-Élysées, 75008 Paris
Impression : BoD – Books on Demand, Norderstedt,
Allemagne
ISBN : 9782322241330
Dépôt légal : Août 2020

Je désire remercier toutes les personnes et ma famille qui m'ont aider à la conception de mon livre. Merci à ma sœur Marion, pour la correction des fautes de français.

Sommaire :

Chapitre 01 :

La jeune fille

C'était, une nuit, glaciale qui s'abattait dans la petite rue de Torqueville Street. Ce soir-là, un blizzard monstrueux régnait en maître absolu. La rue était calme, tellement calme que l'on n'entendait rien ; hormis le vent qui s'écrasait contre les volets des maisons aux alentours. Dans cette rue, se trouvait un petit orphelinat qui était situé non au loin de d'une boutique de porcelaine et d'une épicerie. L'orphelinat se trouvait sur une sorte de terrain vague, sale et boueux. Le bâtiment était à moitié délabré et triste. Malgré cela, c'était un endroit accueillant. Il était géré par les bonnes sœurs de la paroisse, des femmes très sympathiques et aimer de tous.

Tout à coup, la lumière des lampadaires s'éteignit, laissant la rue dans le noir complet. Au bout de celle-ci, un trou se forma dans le blizzard et laissa apparaître un homme. Un homme tenant des couvertures dans ses bras et une canne dont la tête ressemblait à celle d'une harpie féroce. Il était habillé avec un élégant costume gris et suivit d'un chapeau de modèle haut de forme. Sa seule présence suffisait à effrayer les animaux aux alentours. Son visage était caché dans l'ombre, Il était impossible de le distinguer.

Il arrivait devant le gigantesque bâtiment de brique sombre. Il s'agissait de orphelinat qui était éloigné de la civilisation. L'homme regardait dans ses bras et défait la couverture ; laissant apparaître un bébé. Derrière lui, il y avait une autre personne qui surgissait dans l'ombre et le rejoignis. C'était un homme avec un petit chapeau sur la tête et des vêtements sale et décrépit. À la vue de l'homme en costume, il semblait…. Timide ; il bégayait beaucoup et semblait être effrayé par la carrure de cette imposante personne.

— Maître, dit il, est-il vraiment judicieux de la laisser ici ?

— Ce n'est encore qu'un bébé, elle ne peut survivre seule.

— Mais c'est le genre d'endroit où les normaux abandonnent leurs progénitures, et la plupart du temps ; ils restent ici pour toujours jusqu'à leur âge légal.

— Nous n'avons pas le choix !

Sa puissante voix suffisait à effrayer le timide. Ils marchèrent jusqu'à l'entrée. Ils s'agenouillèrent et déposèrent l'enfant. Il sortit de sa manche, un étrange collier en argent avec un nom inscrit sur un cœur : Angélica. Il s'éloigna et retourna auprès du timide. Il tourna la tête et dit en murmurant : « Nous nous reverrons….. Angélica ». Ils disparurent dans le brouillard sans laisser aucune trace derrière eux.

Les lampadaires s'allumèrent et le bébé dormait toujours dans sa couverture chaude. Soudain, elle se réveilla et pleura, ce qui alerte une personne qui ouvrit la porte de l'orphelinat. C'était une jeune fille, âgée d'une vingtaine d'années, habillée en nonne. Elle remarqua le bébé sur le sol, la prit dans ses bras et lui dit tout émue « Que fait tu ici, ma petite ? ». Elle remarqua qu'au niveau de ses mains, elle tenait un pendentif avec sans doute son nom de graver. Elle prit le cœur entre ses doigts et lut le nom : « Angélica, c'est un magnifique nom ». Elle lui souhaita la bienvenue à l'orphelinat et l'emmena.

Une dizaine années s'étaient écouler depuis l'événement de l'orphelinat, entre temps, une femme répondant au nom de Margareth Haning. Une femme avec la plus grande gentillesse, et son mari ne pouvaient avoir d'enfants. Ils prirent la décision d'en adopté un, ou une.

Dès leur arrivée, ils avaient eu un rendez-vous avec la mère supérieur, une veille femme plutôt sévère, mais elle avait aussi beaucoup de gentillesse. La mère supérieure, leur avait proposé quelques enfants, mais aucun ne correspondaient aux attentes du couple. Déçus, ils partirent du bureau pour rejoindre un autre orphelinat.

Sauf qu'avant de partir, madame Haning avait remarqué au loin, un jeune garçon qui pleurait toutes les larmes de son corps. Il faisait du vélo dans la cour et son guidon avait glissé de ses mains. Il s'était fait quelques égratignures sur le genou et il avait très mal. N'écoutant que sa gentillesse, madame Haning voulut réconforter le petit garçon, mais elle n'avait pas pu effectuer cette tâche.

Sortit de nulle part, une petite fille s'avança vers le garçon, le soigna avec des pansements et le réconforta. C'était une fille avec des cheveux de style dégradé court de couleur brune ; elle portait sur elle un pull bleu tricoté à col roulé et une petite jupe grise, suivie de longues chaussettes blanches avec des ballerines. Madame Haning n'en revenait pas, elle n'avait jamais vu autant de gentillesse venant d'un enfant. Elle partit à sa rencontre et lui demanda son nom :

— Excusez-moi jeune fille quel est votre nom ?

— Angélica madame.

— Tu vis dans cet orphelinat ?

— Oui, depuis que je suis bébé. J'aide beaucoup les sœurs et la mère supérieur.

— Eh bien, tu es vraiment très gentille pour quelqu'un de ton âge.

— Oui, c'est sœur Diane qui m'avait appris qu'il faut toujours être gentille avec son prochain.

Madame Haning crut fortement en ces paroles.

Elle se dirigea vers son mari et lui dit en souriant :

— Georges, j'ai trouvé notre enfant !

— Quoi ? Tout à l'heure, tu as dit à la mère supérieure qu'aucun enfant ne correspondait à tes attentes.

— Mais là c'est différent, cette petite est incroyable, elle a toutes les qualités que je recherche.

— Tu es vraiment déterminée à l'adopter ?

Elle ne répondit pas et courut en direction du bureau. Son mari était un peu à la traîne et il avait beaucoup de mal à la rattraper. Finalement, elle croisa la mère supérieure dans le couloir et l'interpella :

— Madame attendez !

— Madame Haning, qu'est-ce qui vous arrive ?

— Je sais quel enfant, nous voulons adopter.

— Mais dans le bureau vous aviez dit…..

— Non attendez laissez-moi m'expliquer, tout à l'heure dans la cour ; j'ai croisé une jeune fille portant le nom d'Angélica.

— Vous voulez adopter Angélica !?

— Oui elle a toutes les qualités que je recherche.

En ces paroles, la mère supérieure demanda à madame et monsieur de la suivre dans son bureau. Pendant ce temps, Angélica était avec sœur Diane et l'aidait pour la lessive. Elle ne se doutait pas qu'elle allait bientôt avoir des parents. Sœur Diane non plus ne le savait pas, une chose est sûr, Angélica allait beaucoup lui manquer. Elle n'aura plus personne avec qui parler, sœur Diane n'est peut-être pas sa mère biologique ; mais elle l'avait toujours considéré comme tel. En général, les autres enfants préfèrent s'amuser ou écouter des histoires, mais ça ne serais pas venu à l'idée de quelqu'un de donner un coup de main aux bonnes sœurs. Seule Angélica se portait volontaire pour ce genre de tâches. C'était d'ailleurs cette raison qu'elle était adorée de tous.

Angélica plia la dernière chemise, quand une autre petite fille vint à ça rencontre. C'était une jeune fille aux longs cheveux blonds avec une paire de lunettes devant ses yeux, elle portait sur elle une petite chemise rose suivie d'un pantalon bleu. Elle apporta un message à Angélica, disant que la mère supérieure voulais la voir tout de suite. Angélica s'inquiéta, elle n'avait pourtant aucune raison de ressentir un tel sentiment. C'est une fille sage et aimée de tous, la sœur Diane la rassura en lui disant que, c'était peut-être une bonne nouvelle. Écoutant son courage, elle suivit la jeune fille à lunettes jusqu'au bureau de la mère supérieure. Elle tapa trois coups à la porte et la mère supérieure l'invite à rentrer, ce qu'elle fit :

— Bonjour mère supérieure, vous désiriez me voir ?

— Oui Angélica, j'ai une très bonne nouvelle à t'annoncer.

— Une bonne nouvelle ?

— Oui, il y a un jeune couple de parents qui désirent t'adopter.

Cette soudaine révélation donna un sentiment de joie dans le cœur d'Angélica. Des larmes se mirent à couler sur son doux visage. La mère supérieure ne supporta pas de la voir triste et décida de la prendre dans ses bras. Elle avait attendu dix ans en espérant qu'un couple puisse avoir le privilège de l'adopter, et enfin, ce fut le cas.

Le soir venu, Angélica prépara ses valises avec l'aide de quelques-unes de ses amies. Elles étaient à la fois tristes et heureuses pour elle, c'est sans doute la dernière fois qu'elles virent Angélica. Elle aussi était triste de quitter ses amies comme ça, mais comme tous les enfants de l'orphelinat ; elle avait attendu tant d'années pour avoir enfin une famille. Elle serra fort chacune d'entre elles dans ses bras et sœur Diane l'accompagna jusqu'à la voiture.

Durant le trajet, Angélica avait toujours sa tête contre son bras, l'orphelinat allait beaucoup lui manquer. Sœur Diane remarqua qu'elle n'allait pas très bien, et lui parla un petit peu

pour lui redonner le sourire.

— Je me rappellerai toujours du jour où tu es arrivé à

l'orphelinat, dit elle joyeusement.

— Je ne me rappelle pas du jour où je suis arrivée, sœur

Diane.

— Normal, tu n'étais qu'un bébé.

— Normal que je ne m'en souviens pas.

— Tu n'étais qu'un petit bébé dans un tas de couvertures,

dans le froid glacial de l'hiver. Encore heureux que je

t'avais trouvé sinon tu aurais fini en glaçon.

Elles se mirent toutes les deux à rire et arrivèrent

devant la maison de la nouvelle famille. Elles frappèrent à la

porte, et quelqu'un lui ouvrit. Angélica n'en revenait pas, il

s'agissait de la dame qu'elle avait croisé tout à l'heure dans la

cour de l'orphelinat. Madame Haning se mit à genoux et ouvrit

ses bras. Angélica ne put résister, elle lâcha ses valises, et

courut en sa direction. Son cœur pleura de joie et madame

Haning lui souhaita la bienvenue chez elle en l'appelant « ma fille ». Son père adoptif s'avança également vers elle et la serra à son tour dans ses bras. Angélica se retourna, elle regarda pour la dernière fois sœur Diane. La nonne qui s'était toujours occupée d'elle, depuis sa naissance.

Ces adieux étaient trop douloureux, elle fit juste un signe de la main et sœur Diane repartit pour l'orphelinat. Angélica ne put s'empêcher de la regarder au volant de sa voiture repartir en la laissant ici.

Juste après, Angélica fit plus ample connaissance avec ces nouveaux parents. Le courant passa très bien. Elle s'entendit très bien avec eux. Ses parents adoptifs lui expliquèrent la raison de cette adoption. Madame Haning était dans l'incapacité d'avoir des enfants et quand elle l'avait vu ; elle a tout de suite su que c'était la bonne. Angélica allait devoir vivre avec eux, dans cette gigantesque maison jusqu'à sa majorité. C'est une nouvelle aventure qui commença pour elle.

Depuis qu'Angélica eue une nouvelle famille. Elle avait fait ses études dans une école et un collège réputés, elle était plutôt bonne élève et ne perturbait pas le cours. Quand elle était arrivée chez Madame Haning, elle n'avait pas perdu son habitude d'aider les autres. Elle faisait la vaisselle, la cuisine et le ménage avec sa mère. D'ailleurs, madame Haning n'arrêtait pas de dire à sa fille à quel point elle l'aimait et qu'elle l'attendait depuis toujours.

Angélica avait même une chambre, mais le problème, c'est qu'il manquait de la décoration. En réalité, le couple Haning ne savait pas s'ils allaient avoir un garçon ou une fille ; donc ils avaient décidé d'attendre d'avoir leurs enfants pour choisir. Ce serait mentir de dire qu'Angélica n'a pas eu la chambre qu'elle désirait. Dans sa chambre, elle avait une collection personnelle de licornes. Oui, c'est vrai, c'était cliché pour une fille, mais bon, c'est son choix. Elle n'avait pas que des licornes, elle avait aussi des fées, des dragons, toutes les créatures se trouvant dans les récits fantastiques. Oui, c'est vrai, c'était aussi cliché pour une fille, mais bon, c'était son choix. Ces livres préférés étaient la saga Harry Potter ou encore le Seigneur des Anneaux.

Elle avait même été présenté à toute la famille Haning en général. Elle était la chouchoute de tout le monde, surtout ses grands-parents. D'ailleurs, une grande partie de sa collection venait d'eux.

Mais malgré ce bonheur avec sa nouvelle famille, le malheur avait également eut sa place parmi eux. Son père adoptif avait eu une maladie cardio-pulmonaire et n'avait pas survécu. Angélica et sa mère, on mit beaucoup de temps à s'en remettre. Elles avaient passé beaucoup de temps avec lui. Elles l'aidaient dans sa fabrication de chaussures, qui était son métier. Il recevait des clients et se mit au travail. Il gagnait beaucoup d'argent, Angélica ne pouvait pas s'empêcher de lui donner un coup de main ou encore de l'admirer. Elle était d'ailleurs très douée dans ce domaine. Plus que son propre père, il l'avait même nommée assistante personnelle et peut-être futur employée dans sa fabrique.

Le temps passa et Angélica reçu son brevet des collèges avec mention très bien. Une fierté pour sa famille, elle avait eu la meilleure note de tout l'établissement. Même ces instructeurs n'en revenaient pas.

Avec toutes ses réussites en poche, elle avait un lourd secret. Elle trouvait que sa vie était ennuyeuse, le problème n'était pas la famille ou encore les cours. C'était juste son ennui, sa routine quotidienne. Elle rêvait de vivre comme dans ses romans, vivre de fabuleuses aventures ou encore affronter d'affreux méchants. Un jour, elle en avait parlé à sa mère, mais elle lui répéta sans cesse la même chose : « La vraie aventure, c'est la vie ».

Un jour, elle et sa mère devaient choisir un nouveau lycée. Angélica ne savait pas très bien ce qu'elle voulait faire comme métier. Elle avait fait tous les lycées du quartier et de la ville, rien ne lui correspondait. Sa mère n'était pas vraiment d'accord avec elle, il y avait beaucoup d'opportunités ; c'est juste qu'Angélica n'était pas intéressé et qu'elle n'avait pas pris l'idée de la saisir.

Ce soir-là, l'atmosphère était lugubre. Le vent était très fort, les arbres tremblaient et certains étaient prêts à s'arracher du sol. Angélica et sa mère eurent beaucoup de difficultés à rentrer chez eux. Elle était prête à décoller à cause du vent et les fortes pluies n'arranger pas la situation.

Les deux filles réussirent à rentrer en seul morceau et le vent dehors se calma doucement. Madame Haning défaisait son long manteau brun et celui de sa petite fille et lui demanda :

— Qu'est-ce qui te ferait plaisir pour dîner ce soir ?

— Je ne sais pas et toi, tu as une idée ?

— Non. Sinon on commande des pizzas ?

— Il y en a déjà dans le congélateur maman.

— Oui au pire.

Madame Haning sortit trois pizzas du congélateur, une au chorizo et deux aux quatre fromages. Celle au chorizo était la préférée d'Angélica. Elle adorait le goût de cette pizza.

Les deux filles dînèrent avec joie, Angélica mangea toute la pizza au chorizo et une demi de celle aux quatre fromages. Tout comme sa mère qui mangea une aux quatre fromages et la moitié d'une. Angélica se sentit fatiguée et décida de partir dormir dans son lit. Sa mère décida de regarder la télévision.

Angélica dormit dans son lit et elle ronflait tellement fort que sa mère entendit tout de son canapé.

Dehors, un homme habillait avec un long manteau avec une capuche cachant ses yeux et son nez. Il tient dans sa main une curieuse pièce. Une petite pièce en argent avec une face représentant une gorgone avec un visage cartoonesque. Les yeux de la gorgone étaient grands ouverts et elle arborait un grand sourire. Il fit tournoyer la pièce de la même manière que pour jouer à pile ou face. Il rattrapa la pièce et dit en arborant un grand sourire : « À toi de jouer mon petit, il est l'heure de rire un peu. ». Il mit une pichenette et la pièce traversa une vitre menant au couloir. La pièce tourna dans le sens des aiguilles d'une montre et une fumée très étrange en sortit. La fumée prend petit à petit l'apparence d'une sorte de chat bleu les mêmes yeux et le même sourire que le dessin de la gorgone. Il semblait que ce chat n'eût pas de jambe, c'est comme s'il était un génie et la pièce était sa lampe magique.

Le chat se déplaça dans les moindres recoins de la maison en ricanant. Il observa Madame Haning qui dormait sur le canapé. Elle dormait devant un épisode de Dr House. Le chat rapprocha sa tête du crâne de madame Haning et soudain, ses yeux devint démoniaque et ses dents devenait longue et pointue. Sa mâchoire se rapprocha de plus en plus de son front. Avant que les dents n'atteignirent devant le visage de madame Haning, le chat entendit quelqu'un descendre les escaliers.

Les escaliers étaient en bois et donc le moindre pas en son contact fit un horrible bruit de craquement. Le chat reprit son visage de cartoon et regarda dans le couloir. Il s'agissait d'Angélica qui portait un pyjama blanc à rayures rouges. Elle se dirigea dans la cuisine et ouvrit le frigo pour boire du lait. Le chat regarda Angélica et décida de la dévorer en premier. Il se lécha les babines et s'avança discrètement dans le couloir. Angélica reboucha la bouteille de lait et la remit sur l'étagère avant de retourner dans le couloir vers les escaliers. Au moment de poser son pied sur la première marche, elle entendit un drôle de bruit. Un bruit ressemblant à un vase qui se brise. Elle tourna la tête en direction du couloir et demanda si c'était sa mère. Mais elle ne reçut aucune réponse de sa part. Elle décida de se diriger vers le salon. Elle ne vit que sa mère dormant toujours sur le canapé avec son bras gauche servant d'oreiller.

À ce moment, quelque chose souffla sur son cou. Son sang se glaça, elle tourna ses yeux et sa tête et regarda derrière elle. Elle vit l'immonde chat cartoon qui prit soudainement un visage démoniaque malgré que son rire fût désaccordé.

Angélica se mit à hurler, sa mère se réveilla et courut vers sa fille :

— Qu'est-ce qui se passe Angélica ?

— Re….. Regarde……

Angélica pointa du doigt et là mère remarqua le chat cartoon au visage démoniaque qui leur dit avec un ton enjoué : « Je vais vous manger, mes petites souris ! ». Le chat se jette en direction d'Angélica qui se fit sauver par sa mère qui s'empara d'un parapluie et qui frappa la tête du chat. La violence du coup était telle que le parapluie s'était plié en deux. Le chat frotta sa tête pour calmer la douleur et les deux filles coururent en direction des escaliers. Elles se barricadèrent dans la chambre d'Angélica en déplaçant des meubles jusque devant la porte. Le chat reprit ses esprits et fonça dans les escaliers qui menait directement jusqu'à la porte de la chambre d'Angélica. Il fonça comme un bélier dans l'espoir de détruire la porte.

Angélica était paniqué de voir la porte de la chambre qui se prenait des puissants coups de tête, et avec le rire moqueur du chat résonnant dans le couloir, l'ambiance était plus que terrifiante. Angélica regarda sa mère et lui demanda affolé :

— C'est quoi ce truc !

— J'en sais rien ma chérie.

— Il va nous manger !

— Non, pas tant que je serai là !

Madame Haning se saisit d'une barre en acier servant pour crocher les rideaux, et le brandit à côté de son épaule droite, prêt à l'utilisation telle une batte de base-ball. Le monstre réussit à briser la porte. Son regard cartoonesque devint injecter de sang frais coulant comme des larmes. Il se rapprocha de plus en plus d'Angélica et sa mère, sa main tendue et ses griffes acérées pointant à leur direction.

Soudain, une lumière bleue étincelante surgit au beau milieu de la pièce. La lumière éblouit le monstre et elle prit la forme d'un homme. C'était un homme de grande taille avec un aspect plutôt stricte. Il avait les cheveux noirs mi-long et il était habillé avec un costume gris assez élégant. Il avait autour de son cou, une longue écharpe grise. Il sortit un curieux objet de sa longue poche. C'était un manche noir et quand il appuya sur un bouton rouge, une lame blanche en sortit. Le chat cartoonesque prit soudainement peur et l'homme le trancha en deux. Le monstre s'évapora laissant une sorte de petite boule blanche. L'homme se saisit de la boule et la rangea dans un petit bocal qu'il remit dans sa deuxième poche.

Angélica et sa mère crurent voir une sorte de messie, un sauveur venu d'un autre monde. Le curieux personnage se retourna faisant face aux deux femmes apeuré :

— Vous allez bien ?

— Ou… oui, merci de nous avoir sauvé monsieur.

— Jeune fille, êtes vous Angélica Haning ?

— Oui, c'est bien moi.

L'homme se mit à genoux et dit d'une voix douce : « Miss Haning, je m'appelle Hector Hendricks et je suis un chasseur de Toons. ». Le regard d'Angélica devint grand à cause de la surprise. Hector remarqua la curiosité dans le regard de ces deux femmes apeuré, il leur dit :

— Descendons, je vais vous expliquer.

— Oui monsieur.

Angélica et sa mère descendirent les marches qui séparaient la chambre du couloir. C'était une soirée pleine de surprise pour Angélica, mais elle est loin d'être fini.

Chapitre 02

L'organisation des chasseurs de Toons

Angélica et sa mère se retrouvèrent dans la cuisine avec la présence d'Hector. Madame Haning préparait du café, tandis qu'Angélica était assise en face de cet homme. Il se tourna les pouces en regardant Angélica avec ses yeux bleus. Madame Haning posa les tasses rempli de café noir chaud devant elle et cet homme mystérieux. Il but une gorgée et complimenta son goût auprès de Madame Haning, elle fut flattée par cette gentillesse venant d'un homme dont elle ne connaissait rien.

— Donc votre nom est……

— Hecthor, Hector Hendricks. Membres de l'organisation des chasseurs de Toons.

— Vous chassez ses créatures ! Dit Angélica.

— Oui, ce monstre était bien un Toon.

— Comme à la télé ?

— Non, Toon est le nom que nous leur avons donné. Leurs côtés enfantins et cartoonesque qui se change en monstre sanguinaire et dangereuse. Nous savons comment les combattre malgré que nous ne connaissions pas les méthodes de reproduction et l'origine de leurs naissances.

— Comment avez-vous su que ce monstre était chez nous ? demanda Madame Haning.

— J'ai reçu l'ordre de protéger et de ramener Angélica Haning, ou plutôt devrais-je dire, Angélica Pandolarium.

Angélica et sa mère furent surprises par ce nom. Cette révélation si soudaine qui apparut à ce moment.

— Excusez-moi monsieur, mais vous faite erreur. Mon nom est Haning.

— Non je ne me trompe pas, votre vrai nom est Angélica Pandolarium. Fille de Charles et Justine Pandolarium, deux des plus grands chasseurs de Toons de tous les temps.

— Mes parents étaient comme vous ?

— Oui, Nous avons reçu pour obligation de vous surveiller et le jour de votre majorité.

— Pourquoi ma majorité ?

— Pour que vous deveniez une incroyable chasseuse de Toon comme l'était vos parents.

Madame Haning se leva de sa chaise et cria :

— Quoi ! Vous voulez qu'Angélica devienne une……

— Chasseuse de Toons.

— Il est hors de question que ma fille risque sa vie pour tuer ces créatures immondes.

— Je vous comprend, mais nos règles sont formelles. Tous les enfants de chasseurs doivent subir une formation pour devenir comme leurs ancêtres.

— Mais cette loi est stupide !

— Ça fait des années que nous avons ces lois Madame Haning.

— Loi ou non, jamais je ne laisserai ma fille mettre sa vie en danger.

Hendricks se leva de sa chaise et lança une carte avec une adresse écrite en lettre noires. Avant de partir, il se retourna et dit aux femmes : « Si vous changez d'avis, venez nous voir à cette adresse. ». Il sortit de la maison en claquant la porte violemment.

Angélica prit la carte et la rangea dans sa poche sous le regard absent de sa mère. Sa mère prit les deux tasses sur la table et les déposa dans l'évier et alluma l'eau chaude. Le liquide vaisselle en main et une éponge dans l'autre, elle nettoya les tasses avec angoisse. Angélica se leva de sa chaise et partit se coucher dans sa chambre à l'étage. Madame Haning ne voulait plus entendre parler de ces histoires de monstres et encore moins de cette organisation. Contrairement à sa fille, Angélica voulait en savoir un peu plus sur ce groupe. Les histoires de monstres qui seraient réels, difficiles de croire en ces chimères. Elle s'allongea dans son lit, smartphone à la main, elle tapa l'adresse inscrite sur la carte. Elle reçut un résultat, l'adresse menait à un vieux bâtiment délabré. La photo donnée par Google ne donnait pas plus de détails du lieu en question. Elle se décida enfin. Elle éteignit son téléphone et s'endormit avec ses multiples questions qui hantaient son esprit à la recherche de réponses.

Le lendemain matin, Angélica se leva comme à son habitude vers 8 h 30 et descendit dans la cuisine pour prendre son petit-déjeuner. Au menu, elle eut des pains aux chocolats avec un grand bol de lait chaud. En dégustant son repas du matin, elle remarqua un mot sur la table. Elle le prit et le lit :

Ma chérie,

Je suis partie en urgences, tante Lucille est très mal en point ; elle n'a personne pour s'occuper d'elle. Je risque d'en avoir pour la semaine. Je t'ai laissé de l'argent en cas de besoin et je t'ai fait une liste de ce que tu peux manger. Je t'ai également laissé le numéro de téléphone de tante Lucille à côté du téléphone Fixe sur le bureau en cas de besoin.

Bisous, à bientôt

Maman

PS : ne t'avise pas d'aller voir le monsieur d'hier.

Une chance pour elle. Aujourd'hui, elle avait prévu d'aller voir Hendricks à l'adresse en question. Elle finit son pain au chocolat et courut dans sa chambre s'habiller. Elle mit l'un de ces fameux pulls bleu à col roulé en laine bleu, puis une jupe noire. Elle se dirigea vers la porte d'entrée, enfila ses petites chaussures noires et sortit de la maison. À la dernière minute, elle se rappela qu'elle avait oublié de prendre quelque chose. Elle retourna sur ces pas et ouvrit la porte pour prendre un sac à dos noir. Elle mit son sac sur son dos, ferma la porte et se dirigea vers le garage. Elle passa par une petite porte situé juste à l'extérieur. Le garage était très poussiéreux, la lumière n'éclairait plus beaucoup la pièce. Mais elle ne s'attarda pas sur les vieux cartons ou la vieille voiture de sa mère, elle prit juste son grand vélo rouge et partit en direction de la grande rue.

Elle pédala parmi les petites avenues et les petites rues qui était sur son chemin. Elle évita de nombreux obstacles comme des poubelles ou des personnes promenant leurs chiens. Elle continua son trajet jusqu'à une drôle de rue, situé non au loin de la grande place de l'horloge. Elle descendit de son vélo et décida d'explorer la rue sombre, guidon à la main. La ruelle était remplie de poubelles pleines d'ordures avec des odeurs nauséabondes. Angélica traversait tant bien que mal la ruelle en esquivant les déchets et les rats qui se dressaient devant elle, malgré la largeur du guidon frappant dans les poubelles. Elle vit les rayons du soleil qui éblouissaient le fond de l'allée. Elle dut mettre sa main devant son visage pour empêcher d'être aveuglé par les rayons. Enfin, au bout de celle-ci, elle tomba sur le vieux bâtiment délabré que celui sur la photo. Avec ces murs en ruines et ses vitres brisées, il semblait dater du vingtième siècle.

Angélica s'avança vers le bâtiment en déposant son vélo sur un pilon en béton. Elle s'avança jusqu'à la grande porte et entra à l'intérieur. À l'intérieur, il n'y avait pas âme qui vit ; à part des pigeons et leurs nids. L'intérieur était plus proche d'un vieux hangar vide que d'un bâtiment à étages comme une grande usine. Angélica cria le nom d'Hecthor dans toute la pièce, mais seulement son écho se faisait entendre. En y regardant de plus près, elle remarqua une étrange forme au milieu de la pièce. Elle s'avança et remarqua que c'était un puit, un puit avec l'impossibilité d'apercevoir le fond. Angélica se pencha, elle sentit comme si quelqu'un ou quelque chose l'avait pousser. Elle fit une énorme chute, mais au lieu de s'écraser ; elle tomba sur une sorte de toboggan. Elle glissa tout le long pour atterrir sur un tapis en mousse.

Elle se secoua la tête et remarqua une grande porte en acier très résistante. Elle se rapprocha et remarqua un digicode et une caméra. Elle s'avança, toucha la porte avec sa main gauche et soudain ; une voix familière apparut et s'exprima :

— Miss Pandolarium, vous voilà enfin.

— C'est vous Monsieur Hendricks ?

— Oui, je vous vois avec la caméra. Attendez, je vais vous ouvrir la porte, vous pouvez vous installez avec les autres.

Les autres ? Mais de quoi peut-il bien parler. La porte s'ouvrit et Angélica vit un long couloir qu'elle dut traverser. Le couloir était sombre, elle dut avancer dans l'obscurité totale en gardant ses bras tendus devant elle, malgré les quelques petites lampes qui n'éclairait rien. Au bout de quelques minutes, elle arriva enfin dans une gigantesque salle avec quatre autres personnes, deux filles et deux garçons. La première jeune fille avait les cheveux longs de couleurs brunes et elle portait un étrange style vestimentaire. Elle se retourna et dit :

— Tiens, la dernière recrue est arrivée. Bienvenue, c'est quoi ton nom ?

— Angélica, Angélica Haning.

La jeune fille brune se leva de son fauteuil et se dirigea vers Angélica et lui tendit la main :

— Bienvenue parmi nous Angélica Haning, je m'appelle Wendy Winslet. Apprentie chasseuse tout comme toi.

— Enchanté.

— Laisse-moi te présenter les autres.

Parmi eux, le premier garçon se nommait Cole Queen, c'était un jeune homme aux cheveux noirs, mi-long. Il portait une chemise blanche avec une petite veste de costard noir, avec un pantalon et des chaussures noires. C'était un garçon qui avait l'air de sortir d'un milieu aisé. La deuxième fille se nommait Amy Savini, c'était une fille avec des longs cheveux blonds. Elle portait un t-shirt rose avec un jean bleu de qualité, et de petites baskets blanches. Il n'y avait rien de particulier à raconter à son sujet, mise à part qu'Angélica ne semblait pas l'ignorer. Enfin, le dernier garçon se nommait Melvin Sherman. C'était un jeune homme de 17 ans, il était habillé avec un grand pull vert et un pantalon rouge très confortable. Il avait des cheveux noirs courts avec une longue mèche recouvrant son front.

Les présentations étant faites, Angélica s'installa sur un fauteuil très confortable situé juste à côté de sa nouvelle amie. Les cinq personnes attendirent pendant de longues minutes, Angélica tapa l'accoudoir ce son fauteuil avec ses

doigts, elle tourna la tête et demanda à Wendy :

— Qu'es que l'on attend exactement ?

— Monsieur Hendricks doit arriver avec les autres chasseurs.

Nous t'attendions, il ne devrait plus tarder.

— Vous m'attendiez ?

— Oui, Monsieur Hendricks était sûr que tu allais arriver.

— Vous aussi vous avez reçu une visite d'un chasseur ?

— Oui tous sans exception. C'est leur méthode de

recrutement.

— Comment avez-vous reçu votre lettre, moi

personnellement mon père n'était pas d'accord. Mais il

m'a finalement laissé m'inscrire, car il voulait que je

devienne comme lui. Dit Melvin.

— C'est-à-dire, demanda Wendy.

— Un valeureux chasseur de Toons.

— C'est qui ton père ? demanda Cole.

— Mon père est le grand Frédéric Sherman, il n'est pas connu du grand public, mais il est très doué et il a même été formé par monsieur Hendricks en personne.

— Il continue ce travail ? demanda Angélica.

— Oui, il n'est presque jamais à la maison.

— Nous allons apprendre à nous battre ?

— Oui, nous allons savoir comment nous défendre face à ses créatures.

— Et toi Amy ? demanda Wendy.

— Amy eut beaucoup de mal à se confier, mais elle prit son courage à deux mains et continua la discussion :

— Moi à vrai dire, je ne connais pas mes vraies origines. J'ai reçu la visite de Madame Parks à l'orphelinat de ma ville.

— Tu est en orphelinat ? demanda Angélica, surprise.

— Oui, je le suis toujours. Le jour où j'ai reçu la visite de madame Parks, cela a été un réel soulagement pour moi. Je me suis dit qu'il allait enfin se passer quelque chose d'incroyables dans ma vie.

Angélica n'en revint pas, elle et Amy se ressemblaient beaucoup. Elles eurent beaucoup de point commun. Angélica dit ensuite à Amy :

— Moi aussi, J'ai été en orphelinat.

— Toi aussi ?!

— Oui et à mes 10 ans, J'ai été adopté par un couple qui ne pouvait pas avoir d'enfant. J'ai été choisi tout bonnement par hasard. Et à vrai dire, je ne m'y attendais pas.

— Tu as eu de la chance, toi au moins tu as été adopté. Je pense qu'ils sont formidables.

— Oh oui ça c'est vrai. Ils sont incroyables.

Amy fut flattée par cette déclaration venant d'Angélica. Elle n'avait jamais cru qu'elle rencontrerait une autre personne qui aurait passé une partie de sa vie en orphelinat. Le groupe continua la discussion en parlant de leurs goûts, leurs fictions favorites ou encore de ce qu'ils voulurent faire de cette formation. Cole raconta qu'il aimerait devenir une espèce zoologue en ce qui concerne les Toons de ce monde. Wendy aimerait écrire un livre sur son parcours et tandis que Melvin, Amy et Angélica ne s'avèrent pas vraiment. Ils n'avaient jamais bien envisagé leurs avenirs. Angélica savait ce qu'elle voulait faire, elle voulait apprendre à combattre ce monstre pour protéger sa mère.

Wendy ne put finir sa phrase, car soudain, une porte d'acier s'ouvrit devant eux. Hecthor sortit de la porte et il était accompagné de deux autres personnes. La première personne était un grand homme avec une tête d'aigle. Il se nommait Becargent, il portait un long manteau noir avec des boutons, de longues bottes et des gants noirs. La deuxième personne était une femme à la peau verte et aux lèvres rouges. Il s'agissait de Vénus Parks, une femme âgée d'une trentaine d'années. Elle portait une cape bleu océan et une tenue assez médiévale pour l'époque. Ses cheveux étaient longs et de couleurs rouges ardent. Au milieu de ce trio, il y avait Hecthor Hendricks, le chasseur qui avait sauvé Angélica et sa mère l'autre soir. Il arborait son long manteau gris et sa moustache soyeuse. Angélica remarqua également que les trois compères portaient des espèces de ceintures jaunes autour de leurs tailles.

Hecthor s'avança vers les nouveaux arrivants et remarqua qu'Angélica était présente. Il lui dit avec un grand sourire :

— Vous vous êtes enfin décidé à nous rejoindre Miss Pandolarium. Est-ce que c'est de la volonté ou de la curiosité ?

— De la curiosité. Vous êtes partis hier et vous n'avez pas répondu à toutes mes questions.

— C'est exact. Vous les recevrez bien assez tôt.

Hendricks s'assit sur un fauteuil situé au milieu de la pièce. Il se retrouva devant les jeunes avec Becargent à sa droite et Vénus à sa gauche. Il croisa ses jambes et ses doigts et donna la réponse à toutes les questions que se posaient les nouveaux arrivants : « Vous jeunes recrues, vous êtes ici pour devenir des chasseurs de Toons. Les Toons sont des créatures enfantines mais extrêmement dangereuses. Leurs origines restent encore inconnues. Pour résoudre ce problème, nos prédécesseurs ont créé cette organisation en secret afin de protéger les humains et de les exterminer. ».

Hendricks prit un pommeau attaché à sa ceinture. Il le saisi, soudain une lame bleu surgit du pommeau. La lame était grande et dégageait une étrange chaleur.

— Qu'est-ce que c'est que ça monsieur ? demanda Cole

— J'allais y venir monsieur Queen. Ces lames sont les seules à pouvoir exterminer un Toon, elles sont faites avec du plasma et le manche est en orichalque. Elles existent sous différentes formes. Cela varie entre l'épée en passant par la hache, la lance et le fléau. Les lames de Monsieur Becargent et de Madame Parks sont des épées.

— Pourquoi nous avoir choisi nous en particulier ? demanda Amy.

Vous descendez tous de chasseurs de Toons. Vous avez ça dans le sang. Si vous êtes ici, c'est que vous acceptez de subir une formation pour apprendre à combattre ces choses. Mais si vous refusez, je vous laisse dix secondes pour partir.

Hendricks fit un compte à rebours en commençant par dix et en terminant par un. Mais aucun jeune ne semblait vouloir se lever et abandonner. En arrivant à la fin du décompte, Angélica leva la main. Wendy et les autres furent surpris de voir cette réaction venant d'elle. Hendricks lui dit :

— Eh bien Miss Pandolarium, j'avoue que je suis assez surpris de votre réaction.

— Qui a dit que j'allais me défiler !? J'ai juste une chose à dire !

— Nous t'écoutons.

— Hier soir quand vous nous avez sauvé moi et ma mère, j'ai beaucoup réfléchis à la question. Je suis prête à devenir une chasseuse de Toons si c'est pour protéger ma mère.

Un sourire se dessina sur le visage des trois chasseurs, une marque de respect s'imprégna dans l'esprit de Wendy,

Cole, Amy et Melvin. En regardant le regard déterminé d'Angélica, Hecthor crut reconnaître Charles Pandolarium, le père d'Angélica. Il se retourna et dit :

— Bien, vu que vous êtes tous prêts. Nous pouvons partir pour LongTown.

LongTown, un endroit encore inconnu pour les jeunes. Hendricks conduisit le groupe dans un autre couloir amenant jusqu'à une petite salle munit d'une sorte de portail.

Au début, les jeunes ne comprirent pas l'utilité d'une telle salle puis en arrivant sur place, ils finirent par comprendre. C'était une petite salle pas très large, mais assez pour un groupe de personnes. Hendricks expliqua son fonctionnement : « Il existe beaucoup de salles de téléportations, elles permettent de se déplacer partout dans le monde. Mais avant, vous devez visualiser l'endroit dans lequel vous souhaitez vous rendre. ». Melvin leva la main et Hendricks lui autorisa la parole :

— Excusez-moi monsieur, mais nous n'avons jamais vu cette ville de nos propres yeux ; alors comment allons, nous nous y rendre ?

— C'est très simple monsieur Sherman.

Hendricks fouilla sa poche et sortit une photo de LongTown. La photo était assez illisible, mais on pouvait distinguer des maisons aux briques noires avec des rues en bétons. Les jeunes visualisèrent le lieu et Monsieur Becargent demanda s'il y avait des volontaires. Personne n'osa essayer cette salle, surtout Wendy et Cole. Ils eurent très peur, car ils crurent que tout aller très mal se passer. Angélica se mit à lever la main et se porta volontaire. Wendy et Cole la regardèrent avec étonnement et Hendricks lui dit : « Ah Miss Pandolarium. Ça fait plaisir de voir une volontaire ».

Notre protagoniste s'avança dans la salle et Cole demanda au professeur :

— Vous êtes sûr que c'est sans danger ?

— Oui, ne vous inquiétez pas monsieur Queen. Sauf la fois où un novice s'est trompé de destination.

— Ah, dit Cole qui n'était pas du tout rassurer.

— Mais non je plaisante monsieur Queen. La seule que je vous demande, c'est de nous attendre dès que vous êtes sur place.

Le professeur lança une petite bille et cria : « Téléport ! ». Angelica eut l'impression d'être aspiré dans un tourbillon d'énergie qui lui fit traverser l'espace et la matière.

Angélica sortit de la salle en tombant au sol, elle se releva et vit qu'elle était arrivée à LongTown, la ville des chasseurs de Toons.

Chapitre 03 :

LongTown

Le portail téléporta Angélica juste devant le grand centre-ville. LongTown était d'une taille incroyable, rien qu'en regardant cette grande place ; elle se douta que la ville devait être immense, sans doute plus grand que New York ou Tokyo.

Justement, elle n'eut pas tout à fait tort. LongTown était la capitale mondiale des chasseurs de Toons ; d'ailleurs, une grande partie des anciens vivaient ici. La ville possédait également le plus grand marchand et fabricant de lame à plasma de tous les temps et la plus grande styliste en ceinture. Elle fut rejointe par Monsieur Hendricks et les autres apprentis, Cole regarda le grand espace et dit :

— Woh, jamais je n'aurai cru que LongTown soit aussi grand.

— Moi non plus, dit Wendy, j'espère que nous allons avoir plus d'indications.

Soudain, Monsieur Hendricks surgit de derrière Wendy et dit : « Bien sûr madame Winslet. Mais vous avez un but bien précis dans cette ville. ». Hendricks demanda au groupe de le rejoindre et il donna des instructions mieux détaillées : « Vous allez chercher votre équipement de chasseur parmi deux boutiques bien distinct. Monsieur Fennec pour votre lame plasma et Madame Salomon pour votre ceinture et tenue. »

Hendricks termina en distribuant des tickets signé de la main d'un certain Algor. Algor, encore un nom inconnu pour eux. Le groupe se mit en quête de leurs inventaires. Ils traversèrent les nombreuses rues de LongTown. Melvin regardait parmi les vitrines et dit au groupe :

— Bon c'est sûr, on est perdu !

— Il n'y a pas l'adresse de l'une des boutiques sur le ticket ? demanda Wendy.

— Non, il n'y a que nos noms et prénoms.

— On a qu'à demander notre chemin, dit Angélica.

— À toi l'honneur, répliqua Cole.

Angélica s'avança vers un homme en costume cravate et lui demanda le chemin pour aller vers la boutique de Monsieur Fennec. L'homme lui répondit que l'adresse de la boutique de Monsieur Fennec n'est pas très loin de leur position. Angélica remercia l'homme et le groupe se remit en chemin. Pendant ce court trajet, Wendy demanda à Angélica :

— Dit moi Angélica, tu as dit tout à l'heure que tu as déjà été attaqué par un Toon.

— Oui hier soir.

— Qu'est-ce que ça fait ?

— C'était terrifiant, j'ai cru que moi et ma mère allions mourir entre ses dents.

— Je suis désolé, je ne pensais pas que c'était aussi horrible.

— C'est pas grave, ce moment m'a rendu beaucoup plus forte.

— Ta mère était d'accord pour cette formation, demanda Cole.

— Non elle ne le sait pas.

— Tu n'a pas peur qu'elle s'en rende compte ?

— Si, mais je vais tout faire pour dissimuler la vérité.

Le groupe arriva à l'adresse de la boutique de Monsieur Fennec. La devanture était assez vieille, la boutique ressemblait à celle d'un antiquaire. Cela donner l'impression que la boutique était abandonné depuis des années. Le groupe décida d'entre avec Melvin en temps que meneur. Quand il ouvrit la porte, une petite clochette joua une petite mélodie rappelant une berceuse de boîte à bijoux. À l'intérieur, tout était sale, c'était rempli de toile d'araignées et de poussière. La peinture était moisi et il y avait des centaines, voir des milliers d'étagères avec des pommeaux empiler les uns sur les autres. Cole appela le gérant ou la gérante de cette boutique, mais il n'y avait pas de réponse. Angélica s'avança jusqu'au comptoir qui se situa au milieu de la boutique. Elle leva les yeux et soudain, quelqu'un tomba du plafond pour atterrir à ses pieds. Elle fut partagée entre la surprise et la stupeur. C'était un homme grand avec des cheveux gris ébouriffé. Il portait sur son front des lunettes de protection pour la soudure et une blouse blanche. En dessous, il portait un costume noir et des longues bottes en cuir.

L'homme se mit à tousser à cause de la poussière volant dans toute la pièce. Il agita ses bras et en se relevant, il dit : « Va falloir ajuster la puissance ! ». Il jeta un pommeau parmi ceux qui étaient déjà sur l'une des étagères. Il se retourna vers le groupe et les salua, la main tendue vers eux.

Angélica et le groupe se demandèrent qui peut bien être cet homme. Quand il le regarda, il avait apparemment l'air d'être un peu fou. L'homme utilisa ses mains pour frotter la poussière se trouvant sur sa blouse et demanda :

— Salut les jeunes que venez vous faire dans ma boutique ?

— Nous sommes envoyés par Monsieur Hendricks pour récupérer nos lames plasmas dans votre boutique, dit Wendy.

— OH, vous êtes des nouveaux chasseurs, je présume.

— Oui c'est exact, dit Amy.

— Et bien, bienvenue dans ma boutique, je m'appelle Joachim Fennec. Le plus grand inventeur de tous les temps,

— Le plus grand inventeur de tous les temps ? dit Wendy.

— En personne ma petite demoiselle. C'est moi qui ai offert les toutes premières lames plasmas. C'est d'ailleurs moi qui les ai inventées. Si vous cherchez quelqu'un pour vous conseiller ne cherchez plus, vous l'avez droit devant vous !

Les élèves ne s'avèrent pas très bien où se mettre, car l'homme parlait beaucoup trop vite. Il les regarda et demanda :

— Ben quoi, je vais pas attendre après vous, présenter moi vos noms et vos tickets. Un par un.

— Je veux bien commencer le premier, dit Cole en avançant vers monsieur Fennec.

Il tendit son ticket et lui dit : « Bon, monsieur Queen. Je pense savoir ce qu'il faut pour vous. » Monsieur Fennec monta debout sur une chaise de bureau à roulettes et il sortit de sa manche, un bâton en ferraille qui l'utilisa comme rame. La chaise fonça à toute de vitesse vers le troisième compartiment. Il se rattrapa et sortit un pommeau en argent d'une étagère et retourna vers le groupe. Il lui tendit en main propre :

— Allez-y, ne soyez pas timide appuyez sur le bouton bleu.

— Euh, oui d'accord.

Cole appuya sur le bouton et une lame bleue en surgit. Monsieur Fennec regarda la lame bleu briller de mille feux et dit :

— Incroyable, il semblerait que ce soit celle qu'il vous faut.

— Pourquoi ça monsieur, demanda Cole.

— Et bien, il faut dire que les lames sont….. assez difficile dans le choix de leurs porteurs.

— Quoi, elles ont une volonté ? dit Wendy.

— Pas exactement. En réalité, votre lame se connecte à votre esprit, et c'est votre esprit qui est très difficile. Par exemple, la lame de Monsieur Queen, est de couleur bleue. C'est le signe qu'elle est compatible avec son esprit.

— C'est très difficile à comprendre comme système, dit Amy.

— Oui en effet je confirme, mais une fois que vous le savez. Cette information ne sortira pas de votre tête.

Une fois que Cole eut reçu son pommeau, ce fut aux tours des autres membres du groupe.

Amy reçut une lame d'une couleur bleue étincelante avec un pommeau en acier. Ensuite, ce fut le tour de Wendy. Elle reçut une lame verte avec un pommeau en orichalque. Après, ce fut le tour de Melvin de recevoir sa lame. Il reçut une lame violet avec un pommeau en orichalque. Et enfin se fut le tour d'Angélica, quand elle tendit son ticket vers monsieur Fennec, il fut stupéfait de savoir que son nom de famille était Pandolarium :

— Vous êtes une Pandolarium !

— Non mon nom de famille est Haning.

— Excusez-moi mademoiselle, mais sur votre ticket s'est marqué Angélica Pandolarium. Êtes-vous sûr que vous n'êtes pas une fille de cette famille.

— C'est bien vrai dire, je ne sais pas vraiment, j'étais en orphelinat jusqu'à mes 10 ans.

Quand Angélica lui eut avoué qu'elle était en orphelinat depuis sa naissance, son cœur fit un bon. Son regard devint celui d'un homme terrifié :

— Vous allez bien monsieur ? demanda Angélica.

— Oui ça va, j'ai juste pensé que j'ai sans doute celle qu'il vous faut.

Monsieur Fennec courut en direction d'une porte situer au fond de la boutique. En ouvrant celle-ci, il ouvrit une petite boîte en bois et sortit un pommeau un petit peu plus grand que les autres, qu'il offrit à Angélica :

— Je crois que ceci vous revient de droit.

— Quelle drôle de pommeau.

— Essayez.

Angélica appuya et tout autour d'elle. Une lumière chaude et chaleureuse jaillit de son pommeau. Ce n'était pas une épée comme ses amis, c'était une longue lance en argent avec une énorme pointe rouge. Les autres qui eurent assisté à la scène demandèrent :

— Qu'est-ce que c'est que ça ? demanda Amy.

— Je… je ne sais pas.

— C'est une lance ayant appartenu à l'un de vos prédécesseurs, Miss Pandolarium.

— Elle a appartenu à un membre de ma famille ?

— Il y a longtemps, un homme est venu dans ma boutique avec cette même boîte. Il m'a fait jurer de la donner au prochain héritier de la famille Pandolarium. La pointe de

cette lance a été confectionnée avec un puissant Toon.
C'est une lame très puissante et je pense me rappeler du
nom de l'ancien porteur. Il me semble que c'était un
certain Varius.

— Varius ?

— Qui est t il ? demanda Angélica.

— Désolé, mais je ne peux rien vous dire. Moi-même, je
n'en sais pas plus que vous.

Peu après, le groupe remercia Monsieur Fennec
d'avoir fourni leurs premières lames à chacun et ils répartirent
de la boutique. Angélica pensa toujours à cet homme, ce
Varius. Elle n'avait jamais entendu parler de lui. Même ses
amis ne savaient pas de qui il s'agissait. Au moins, elle savait
que ce personnage était un membre de sa famille. Ils reprirent
la route pour se rendre cette fois-ci jusqu'à la boutique de
Madame Salomon. Monsieur Fennec eut la gentillesse de
donner l'adresse en question. Durant leurs trajets, ils parlèrent
chacun de leurs lames :

— Eh bien, qui aurai cru que je recevrai une arme dans mes mains un jour, dit Cole.

— Je pense que nous avons tous la même réaction Cole, dit Wendy.

— Où devons-nous aller ensuite ? demanda Amy.

— Nous devons aller à Salomon Mode et Design, dit Angélica.

— Je comprends pas pourquoi avoir une simple ceinture avec nous, dit Melvin.

— Il faut bien que tu accroches ta lame quelque part que dans ta poche Melvin, dit Wendy.

— Oui et ? Une poche aurait suffi.

— Oui donc du coup, tu n'as pas compris ? Si tu veux devenir une torche humaine, c'est ton problème.

— Comment est-ce que tu connais toutes ces choses ?

— Ma mère était une chasseuse de Toons professionnelle. Quand elle a appris que j'allais en devenir une, elle m'a immédiatement appris tout ce qu'il y a à savoir sur notre équipement.

— Elle t'a réellement tous appris ? demanda Amy.

— Non, elle m'a juste donné les bases.

Angélica et son groupe arrivèrent devant la boutique de Madame Salomon, c'était une grande boutique dirigée par une femme nommée Frida Salomon. Au début, ce nom ne leur disait absolument rien, puis en rentrant dans la boutique, ils remarquèrent que cette femme fut une décoratrice en plus d'être une fournisseuse. La boutique était très grande, avec des étagères qui était remplie de ceinture de toutes les couleurs, de toutes les tailles, et de toutes les décorations possibles et imaginables. Il y avait aussi des dizaines de tenues accroché à des cintres. Dans un coin de la pièce, ils remarquèrent cette fameuse Frida Salomon. C'était une femme très grande, âgée d'une quarantaine d'années avec un style….. plutôt personnel. Ces cheveux étaient longs et verts, tout comme ses sourcils ; et elle portait des vêtements ressemblant a une robe cousue avec une matière plutôt étrange. Ils remarquèrent également, qu'elle était accompagné avec deux autres personnes. Ils semblaient venir de l'organisation des chasseurs de Toons avec le symbole cousue au niveau de leurs poitrines. Tout comme une styliste, elle avait ce caractère et ce petit air hautain, comme si elle savait tout sur la mode.

Les deux chasseurs repartirent avec une ceinture et une tenue affriolante et personnaliser par Miss Salomon. Les deux chasseurs qui passèrent à côté d'Angélica lui dirent à l'oreille : « Fais gaffe à tes vêtements. »

Puis Frieda remarqua le jeune groupe.

— Des nouveaux chasseurs ! Venez suivez-moi !

— Elle me fait peur, dit Melvin en chuchotant.

Frida les emmena dans une pièce séparer à l'arrière de sa boutique et sortit des vêtements d'un placard en argent. Elle se mit à relooker tout le monde, elle sortit même des petites phrases du style : « Ça ne va pas avec ton teint », ou encore «

AAAAAAAAH tu est tout vert, tu me donnes envie de vomir
».

Angélica s'avança vers elle, et lui dit :

— Madame, excusez-moi mais vous êtes sûre que ces tenues
sont adéquat pour nous ?

— Bien sûr Mademoiselle Pandolarium.

— Comment connaissez-vous mon nom ?

— C'est écrit sur ton ticket !

— Ah oui, excusez-moi, j'avais oublié.

— Ça me rend nostalgique la mode, avant d'être décoratrice
et fournisseuse. J'étais une styliste réputé pour mon talent
incroyable dans la mode. C'est même moi qui a habillé le
premier chasseur.

— Vous ?! dit Wendy très surprise.

— Bien sûr, pour qui me prenez vous.

— Mais vous êtes toujours une grande styliste ? dit Cole.

— Oui pour les chasseurs et non pour les gens normaux.

J'aimerais tellement revenir dans ce monde merveilleux.

— Qu'est-ce qui vous en empêche ? demanda Amy.

— Mon échec ! Lors d'un défilé de mode, j'ai accidentellement mis la mauvaise tenue à l'un de mes mannequins et j'ai perdu le concours.

— Tout ça pour une défaite ? dit Angélica.

Une défaite ! C'est une humiliation ! Plus jamais je ne reviendrai sur un podium ! Heureusement que le grand chasseur m'a redonné espoir avec ce travail de styliste personnelle. Je peux toujours exprimera mon talent et mes émotions. Bon assez discuter, voyons voir pour vos ceintures.

Frida se dirigea vers un autre placard qui était en platine. Elle l'ouvrit et le placard regorgea de ceinture en argent avec aucune couleur, ni élément. Elle prit dans ses mains cinq d'entre eux et demanda à Angélica d'avancer la première :

— Dites-moi Mademoiselle Pandolarium, quelle est votre couleur préférée ?

— Ma couleur préférée est le rouge.

Frida sortit de sa poche une sorte d'étiquette rouge et la colla sur la ceinture. Soudain, la ceinture devint de couleur rouge avec des multiples cercle en or :

— Ces couleurs vont parfaitement bien avec ton teint, et surtout tu pourras transporter ta lame plasma.

— Merci Madame Salomon.

Après Angélica, c'est au tour de Wendy. Elle reçut une ceinture noire avec des motifs jaune. Après, ce fut au tour de Cole, il reçut une ceinture blanche avec des cercles rouges. Ensuite, ce fut au tour d'Amy, sa ceinture était rose avec des motifs jaunes. Enfin, pour finir, Melvin reçut une ceinture grise avec des motifs blanc et rouge.

Le groupe était fier de recevoir ses incroyables ceintures et n'hésitait pas à flattée madame Salomon, ils reconnaissaient son talent incroyable dans la mode et la remercièrent avant de partir en accrochant leurs lames à leurs nouvelles ceintures. Le groupe reprit leur chemin jusqu'à la grande place de LongTown, ceinture autour de la taille.

Angélica leva son pull et cacha sa ceinture, elle ne voyait pas l'utilité de la laisse à l'air libre.

— Je trouve que cette ceinture me boudine ! dit Angélica.

— Moi je trouve qu'elle te va plutôt bien, répliqua Amy.

Un grand moment de silence s'installa entre elles, Angélica n'avait pas l'habitude de recevoir des compliments aussi flatteurs. Surtout, venant d'Amy, il fallait dire qu'Angélica avait un sentiment étrange en vers cette fille. Elle n'avait jamais connu cette étrange chose. Amy continuait de regarder Angélica qui était encore toute rouge de gêne. Son malaise faisait rire Wendy, Cole et Melvin. Angélica se retourna vers ses amis et cria :

— Arrêter ce n'est pas drôle !

— Désolé, c'est ton visage qui nous fait rire, dit Melvin.

— Tu n'as pas l'habitude de recevoir des compliments, dit Wendy.

— Si généralement, c'est les garçons qui me complimentait beaucoup. Contrairement aux autres filles de mon école, je m'en fichais éperdument.

Wendy avait une idée en tête, mais elle l'a garda en tête. Finalement, le groupe arriva à la grande place. Monsieur Hendricks était assis sur un banc près du magnifique gazon qui l'entourait. Il mangeait un gros beignet au chocolat en buvant une boisson gazeuse appelée, le Cherryjervil. C'était une boisson gazeuse mélangée avec du chocolat et du jus de cerise. Un goût immonde pour certains, mais c'était un peu la boisson traditionnelle des chasseurs.

Hendricks vit le groupe revenir et leur proposa un peu de cette boisson, Angélica fut la première à goûter ce breuvage. Elle recracha dans un brouillard de jus mélangé à la salive.

— Qu'est-ce que c'est que ça !?

— Du Cherryjervil, Miss Pandolarium. La boisson des chasseurs.

— Il est bizarre son goût.

— Puis-je goûter ? demanda Cole.

— Bien sûr tenez.

Cole se saisit de la boisson et en bu une gorgée, exactement comme Angélica ; il cracha tout le contenu de sa bouche. Il toussa une dizaine de fois et Melvin bu à son tour. Exactement la même réaction, il eut tout recracher. Monsieur Hendricks se leva du banc et en proposa à Wendy et Amy :

— Voulez-vous goûter mesdames ?

— Non merci, répondit Amy.

— Moi non plus, répondit à son tour Wendy.

— Il va falloir vous habituer au goût.

Il termina le reste du gobelet et le jeta à la poubelle. Il dirigea le groupe jusqu'à une salle de téléport et refit la même chose. Le groupe retourna dans le vieux bâtiment délabré servant de camp de base. Ils retournèrent dans la grande salle et tout le monde s'installa sur les fauteuils. Hendricks se dressait devant eux et leur annonça : « Je vous donne rendez-vous demain au même endroit. Nous commencerons votre premier entraînement au maniement de votre arme. Ne soyez pas en retard. ». Hendricks, Becargent et Parks repartirent par le même chemin et la porte se referma derrière eux.

Angélica répartit du bâtiment accompagné de ses nouveaux camarades. Elle reprit son vélo et les salua avant de repartir chez elle. Tandis que les autres repartirent à pied, Wendy était en compagnie de Cole et Amy était en compagnie de Melvin. Angélica rentra chez elle et prépara son repas avant de mettre fin à sa journée été se couchant dans son lit.

Pendant que le groupe repartait dans leurs demeures, Hendricks eut une conversation avec Becargent et Parks :

— La jeune héritière des Pandolarium est enfin parmi nos rangs, dit Becargent.

— Oui, notre devoir sera de la protéger jusqu'à ce que sa formation soit terminée, dit Hendricks.

— D'ailleurs Hecthor, as-tu des nouvelles concernant le Toon d'hier ? demanda Parks.

— Oui et j'ai même retrouvé ça !

Hendricks sortit une pièce avec un symbole représentant la tête d'une gorgone sur la partie face, et une tête de dragon sur la partie pile. Cette pièce donna des sueurs froides à monsieur Becargent.

— La ligue de la gorgone ! Il serait toujours vivant.

— Non c'est impossible ! dit Parks. Il est mort et disparu !

— Pourtant, quelle qu'un à bien déposé ceci chez Miss Pandolarium, dit Becargent.

— Je vais l'envoyer aux supérieurs, ils nous donneront plus de détails. Pour l'instant, Angélica ne doit rien savoir !

— Compris, dit Parks.

Hendricks prit la pièce et la déposa dans une sorte de petite boîte en bronze, qu'il déposa sur un socle. La boîte tomba dans un trou et atterrit sur la tête d'un Toon, ressemblant à un aigle. Le Toon s'empara de la boîte et il s'envola dans le ciel obscur de la nuit.

Chapitre 04 :

Les premiers entraînements

Angélica se leva le lendemain matin, surexciter. Elle prit le temps de s'habiller comme hier, en enfilant sa nouvelle ceinture. Elle n'avait même pas pris le temps de déjeuner, elle enfila ses petites chaussures et son sac à dos avant de sortir et d'enfourcher son vélo. Elle prit le même chemin que la dernière fois, jusqu'au même bâtiment délabré. Juste à l'entrée, elle remarqua que tous les autres membres du groupe étaient également présents. Il n'était que dix heures trente, mais tout le monde étaient au rendez-vous. Wendy discutait avec Amy, Cole discutait avec Melvin. Wendy fut la première à remarquer la présence d'Angélica :

— Te voilà enfin Angie.

— Vous êtes tous déjà là ?

— Bien sûr, on ne pouvait plus attendre.

— Moi de mon côté, j'ai presque failli faire nuit blanche, dit Melvin.

— Et toi Angie ?

— Pareil, j'étais trop impatiente.

— Tu as surtout oublié de mettre ta ceinture, dit Amy.

— Bon, elle est là.

Angélica souleva son pull et en effet, sa ceinture était accroché autour de sa taille. Après avoir baissé son pull, la porte du bâtiment s'ouvrit laissant le groupe le champ libre pour entrer. Le groupe s'avança jusqu'au fameux puits avec le toboggan. Ils sautèrent un par un.

En bas de ce précipice, ils furent accueillis par Monsieur Becargent. Au lieu de son long manteau, il portait une tenue de majordome très chique avec ses gants blancs. Son bras gauche était derrière son dos, sa main droite était posé sur son cœur. Il s'inclina, souhaitant la bienvenue :

— Bienvenue à vous pour votre deuxième jour en notre compagnie

— Qu'avez-vous prévue aujourd'hui ? demanda Angélica.

— Veuillez me suivre et vous saurez.

Monsieur Becargent conduisit le groupe vers un couloir qui étaient très bien éclairer, contrairement à celui d'hier. Ils arrivèrent dans une gigantesque salle avec des fleurs de lys blanc. Au milieu, il y avait des centaines de jarres sans couvercles.

— Monsieur Becargent, dit Amy, à quoi servent ces jarres ?

— Vous verrez.

Becargent referma les portes derrière eux. Deux autres s'ouvrirent juste devant eux, Hendricks et Parks apparaissaient ensuite refermant ces mêmes portes. Hendricks s'avança et annonça : « Aujourd'hui, sera le premier jour de votre entraînement. ». Il claqua des doigts et une chose étrange sortit d'une des jarres du milieu. C'était une chose indescriptible. Il ressemblait à une grosse tête orange avec des lèvres rose, aucune pilosité sur le crâne et des yeux verts sans pupilles. Il ne pouvait déterminer si cette chose avait un corps, seul sa tête hideuse et un long cou étaient hors de cette jarre.

— C'est quoi cette chose !? demanda Wendy.

— Cette chose est un Toon de farce. Une espèce de Toon très rare qui préfère jouer ou se moquer des humains, dit Hendricks.

— Votre premier entraînement consistera à briser la jarre avant qu'il ne retourne à l'intérieur, ajouta Parks

— Lequel d'entre vous veut essayer en premier ?

Melvin s'avança et dégaina sa lame plasma de sa ceinture. Il se positionna et attendit le bon moment pour frapper. Le Toon sortit sa tête d'une jarre, Melvin tenta de le frapper, mais le Toon rentra sa tête. Melvin fracassa la jarre violemment, elle se retrouva en petits morceaux. Le groupe remarqua que le Toon n'était plus à l'intérieur, comme s'il s'était évaporé. Au contraire, il sortit sa tête d'une autre jarre. Personne ne comprit ce qui venait de se produire. Hendricks leva la voix : « Vous n'avez pas compris ? Les Toons farceur ont la faculté de se téléporter dans un objet à un autre. Si vous voulez l'atteindre, ouvrez vos sens. ». Melvin essaya de suivre les conseils de Monsieur Hendricks, il tenta à nouveau, mais il le rata. Il essaya encore une nouvelle fois, ce fut encore un échec. Le Toon se moquait de lui, son rire était insultant et insupportable. Melvin commença à s'énerver et attaqua à l'aveuglette. Hendricks stoppa la session, Melvin avait échoué. La colère avait pris le dessus sur lui et il fut emporté. Hendricks expliqua que la seule manière de réussir, était de garder son calme et d'anticiper ses mouvements.

Melvin répartit vers le groupe, Angélica se proposa en deuxième volontaire. Elle s'avança, dégaina sa lance plasma. Les trois formateurs reconnurent la lance d'Angélica, ils étaient impatients de voir la manière avec laquelle elle allait s'en servir. Angélica tenait sa lance et se tenait au milieu des jarres. Elle repensa à ce qu'Hendricks venait de dire, elle ferma les yeux et ouvrit ses sens. Étrangement, elle entendit comme un bruit de porcelaine semblant provenir de l'une d'entre elles. Le bruit était silencieux, puis il devint bien plus distinct. Angélica dégaina sa lance et d'un coup, elle brisa la jarre avec une incroyable rapidité. Elle ne se rendit compte de rien, comme si c'était inné chez elle. La jarre était en mille morceaux, Hendricks et les autres se demandaient ce qui venait d'arriver. Angélica ouvrit les yeux et vit la jarre en miette. Le Toon était parmi le débris, il l'avait l'air effrayé. Hendricks applaudissait alors qu'Angélica ne comprenait rien. Le Toon retourna dans une autre jarre, Angélica laissa la place au suivant.

Le suivant fut Cole, il eut le même résultat que Melvin après de multiples essais. Wendy et Amy furent les deux dernières à tenter cette épreuve. Ce fut un nouvel échec, le Toon était plus malin qu'eux. Angélica fut la seule à réussir le premier entraînement, Wendy lui demanda :

— Comment as-tu fait pour réussir ?

— Je sais pas, j'ai juste fermé les yeux, ça m'est venu d'un coup. C'est comme si, je savais utiliser cette lance depuis ma naissance. Comme si c'était inné chez moi.

— Hendricks félicita l'incroyable démonstration d'Angélica, sans pour autant décourager les autres. Il comprenait la frustration des autres. Il releva le but de cet entraînement, le but n'était pas de réussir ; il fallait tout simplement être capable de ressentir les actions de l'ennemi. L'arme principale d'un chasseur était sa prémonition. S'il connaissait les mouvements de l'ennemi l'avance, il pouvait gagner le combat sans difficultés.

Hendricks retourna auprès de Parks et de Becargent. Il se tenait au milieu du trio et il claqua des doigts. Soudain, la salle se changea. Ce n'était plus une salle remplit de jarres, c'était devenu une salle avec un gigantesque labyrinthe.

— Un labyrinthe ! hurla Cole.

— Qu'es que l'on va devoir faire là-dedans ? demanda Wendy.

Hendricks s'avança d'un pas et ordonna au groupe d'entrer à l'intérieur. Angélica fut la première à entrer, suivie d'Amy, Wendy, Melvin et Cole. Soudain, le labyrinthe se referma derrière eux, ils se retrouvèrent prisonniers comme des rats de laboratoire. Hendricks hurla le principe du deuxième entraînement : « Vous allez affronter un Toon Titan. Vous allez devoir trouver votre chemin parmi les nombreux couloirs. Trouver le centre du labyrinthe, et battez le Toon ! ».

Un énorme bruit se fit entendre devant eux, un bruit de pas avec une intonation plus importante. Un deuxième, puis un troisième. Et quand vint le quatrième, ils virent le Toon Titan. Il était gigantesque, il avait un visage aux yeux noirs et un sourire atteignant le bout de ces oreilles. Il avait un corps rouge obèse, malgré une musculature imposante. Le Toon se mit à le fixer du regard et son sourire devint plus moqueur et sadique. Quand il se mit à rire, tous le groupe se mit à hurler et à courir. Le groupe avait le choix entre un chemin à gauche, au milieu ou à droite. Mais le Toon arrivait par celui du milieu, ils furent obligés de prendre celui de gauche. Le Toon n'avait pas besoin de courir, il était très rapide à la marche. Le groupe courut dans tous les sens, aucun signe du centre. Un moment, Amy se cogna dans un mur. Elle sentait qu'il était différent des autres. Il était mou, contrairement aux autres.

— Angélica ! hurla Amy.

— Quoi ?

— Détruit le mur avec ta lance !

— Je crois pas qu'on n'a pas le temps pour ça !

— Fait moi confiance.

Angélica rebroussa chemin et elle brisa le mur d'un coup de lance. Une énorme brèche se forma dans le mur. Le Toon se rapprochait de plus en plus, le groupe se dépêcha de passer par la brèche. Le Toon essaya de passer son bras, mais il était trop court. Le groupe courut vers un chemin qui menait enfin au centre du labyrinthe. Ils s'arrêtèrent pour reprendre leurs souffles.

— J'ai cru qu'on n'arriverait jamais, dit Melvin.

— On lui a échappé, maintenant il faut l'éliminer, dit Angélica.

— Mais comment on va s'y prendre ? demanda Wendy.

— J'ai peut-être une idée, dit Amy.

— Dit toujours, répliqua Cole.

— Angélica, tu vas te tenir au milieu. Tandis que moi et Melvin, nous lui trancherons le tendon. Wendy et Cole, vous vous occuperez de ses bras. Enfin Angélica, tu le termineras à coup de lance dans la tête.

— On peut toujours essayer, dit Wendy.

— En position !

Angélica se tenait au milieu, lance à la main. Amy et Melvin étaient sur les extrémités de l'entrée, Cole et Wendy était caché contre les murs. Le Toon ne se montrait pas, à croire qu'il avait perdu de vue le groupe. Soudain, un craquement se fit entendre. Puis un deuxième, un troisième et un quatrième.

— D'où vient ce bruit ? demanda Cole.

— Je ne sais pas mais ça se rapproche, dit Angélica.

Amy vit les nombreuses fissures qui était juste sur le mur derrière Angélica. Elle hurla :

— Angélica ! Ecarte toi !

— Quoi ?

Elle se retourna et le mur se brisa. Le Toon apparut avec un rire démoniaque et le poing tendu. Amy se jeta sur Angélica, la plaquant au sol. Le Toon avait brisé le mur et se trouvait au milieu. Le plan d'Amy était tombé à l'eau, il fallait réfléchir à une autre stratégie. Le Toon se releva, il avait une cible, Angélica. Il la regardait avec son sourire pervers, ses yeux était grand ouverts. Il sortit sa langue baveuse et il fonça vers les deux jeunes filles en courant à quatre pattes. Elles esquivèrent en partant chacun d'un côté, le Toon se prit le mur et sa tête resta coincé. Il bougeait comme un poisson hors de son bocal. Amy eut une idée, elle dégaina sa lame plasma et trancha la cheville gauche du Toon, avant de lui trancher l'autre cheville. Le Toon s'écroula au sol, Amy hurla : « Maintenant ! » , en direction de Cole et Wendy. Ils furent la même action que Melvin lors de leurs courses. Ils dégainèrent leurs lames et d'un coup, ils tranchèrent ses deux bras. Pour finir, Angélica planta sa lance aux plus profond de son crâne.

Le Toon forma ses yeux et s'endormit dans un sommeil éternel, en partant dans un nuage de poussière.

— Le groupe tomba d'épuisement :

— On l'a enfin eu, dit Cole.

— Je crois que c'est Amy qui mérite les félicitations, dit Angélica.

— Oui, bravo pour ton plan, même si il n'a pas fonctionné, dit Wendy.

— Merci.

Les murs du labyrinthe s'enfoncèrent dans le sol. Elle redevint une salle plate, avec le groupe face au trio d'instructeur.

— Félicitations jeunes recrues, vous avez réussi les deux entraînements au combat contre les Toons.

— Demain vous passerez à votre première mission, dit Becargent.

— Tous ensemble ? demanda Wendy.

— Non, Miss Pandolarium et Miss Savini effectueront cette mission.

Angélica et Amy se regardèrent, stupéfaite leur première mission ensemble. Vénus sortit une feuille de sa cape et lut son contenu.

— Votre mission se déroulera demain dans la soirée au zoo de Living Street à LongTown. Selon des témoignages récents, un Toon aurait été aperçu. Il serait un Toon farceur, votre mission sera de le capturer et de nous le ramener.

— Croyez-vous être capable d'effectuer cette tâche ? demanda Hendricks.

— Compter sur nous Madame Parks, dit Angélica avec conviction, Nous le ramènerons !

Angélica et Amy reçurent le lieu de rendez-vous, ils eurent rendez-vous demain dans la soirée à sept heures moins le quart devant le bâtiment.

— À la sortie, ils eurent une conversation avec les autres :

— Vous en avez de la chance, vous allez avoir votre première mission à LongTown, dit Wendy.

— Si on avait réussi le premier entraînement, on aurait pu vous accompagner, dit Cole.

— Eh bien, améliorez vous demain et nous ferons notre première mission ensemble, dit Angélica.

— C'est notre intention Angie.

Le groupe partit chacun de leur côté. Angélica gardait en mémoire sa future mission en compagnie d'Amy. Même chez elle, sa seule occupation était des révisions sur leurs manières de procéder. Ce Toon pouvait réagir de n'importe qu'elle façon, soit amical ou soit dangereux. L'autre problème était la façon de d'appréhender ce monstre. Mais sans connaissance du lieu exact et sans connaissance de l'espèce en question, c'était peine perdue. Mais elle ne s'attarda plus sur ce genre de question, elle préféra revenir sur ces activités et de laisser le futur se produire.

Chapitre 05 :

Mission au Zoo

Angélica et Amy attendaient près du portail. Elles attendaient la venue de Hendricks ou d'un autre chasseur. Angélica s'était blottie contre le mur et Amy faisait les cent pas.

— Qu'es qu'ils font ? Ça vas faire dix minutes qu'on les attend, dit Amy impatiente.

— Tu n'es pas patiente ?

— Non, absolument pas !

Le moindre mot que prononçait Amy provoquait des frissons sur le corps d'Angélica. Ses cheveux se hérissaient, sa température corporelle chutait et elle béguait beaucoup. Amy la vit trembler, elle lui demanda :

— Est-ce que ça va ?

— Oui, j'ai juste un peu froid.

— Froid ? Alors qu'on est en été.

— Oui, mais le vent est plutôt frais.

— Amy se mit à rire.

— Tu es vraiment drôle, en plus d'être forte.

— Merci.

— Sinon, tu as un petit copain ?

— Non et toi ?

— Moi non plus, les garçons ne m'intéresse pas.

Angélica ne put contenir son enthousiasme, elle apprit enfin l'origine de cet étrange sentiment. Elle était amoureuse d'une fille. Jamais elle n'aurait cru tomber amoureuse d'une fille. Pourtant, elle aurait dû le savoir depuis longtemps. Même à l'école de l'orphelinat, elle préférait rester sur ces lectures, assise dans son coin.

La porte du bâtiment s'ouvrit avec Madame Parks qui se tenait derrière. Elle salua les deux jeunes filles et elles descendirent par le puits pour atteindre le portail. Parks donna une feuille avec l'adresse du zoo de LongTown. Les deux filles prirent le portail direction LongTown. Arrivée sur la grande place, elles se mirent en route vers le zoo. LongTown était bondé de personnes, les deux filles durent se frayer un chemin avec beaucoup de difficultés. Angélica et Amy croisèrent Madame Salomon non au loin du lieu de la mission. Elle regardait la vitrine d'une boutique de vêtements, elle n'aimait pas beaucoup les formes et les couleurs. Les deux filles s'avancèrent vers elle.

— Madame Salomon ? dit Amy.

— Ah les nouvelles chasseuses, comment allez vous ?

— Très bien et vous ? demanda Angélica.

— Je repensais à ma carrière, en regardant ces horreurs.

— Vous n'aimez pas ?

— Bien sûr que non ! Regardez-moi ça ! Les plis ne sont pas propres, les couleurs sont inertes et ne parlons pas des formes hideuses !

— Oui en effet.

— Vous êtes seules ? Où sont les autres ?

— Nous devons aller au zoo, Nous avons reçu notre première mission.

— Déjà !

— Oui, Monsieur Hendricks a jugé que nous étions aptes pour accomplir notre première mission, dit Angélica.

— Savez-vous où est la rue Living Street ? demanda Amy.

— Oui, c'est non au loin d'ici. Vous continuez tout droit, ensuite vous tourner à gauche et vous serez arrivé.

— Merci Madame Salomon.

Les deux jeunes filles suivirent les indications données par Madame Salomon. Elles arrivèrent devant l'entrée du zoo de LongTown. Il était grand, il semblait être abandonné depuis des années. Il n'y avait pas un seul animal parmi les cages brisé et les pelouses sèchent. L'obscurité du soir n'aider pas la vision des filles.

— C'est donc ici le zoo, dit Amy.

— Oui, ça doit faire un moment qu'il est abandonné. Il n'y a aucun animal, toutes les cages sont brisées.

— Tu penses que les témoins seraient….

— Des jeunes gens qui pratique l'urbex ou des casseurs.

— On commence par trouver le Toon et ensuite on le capture.

Angélica posa le pied dans le zoo et la lumière des lampadaires s'alluma. La vision devint plus claire avec cette lumière. Le deux filles avancèrent entre les cages rouillées et les barrières tombées au sol. Amy regarda vers un enclos qui devait servir pour les oiseaux de proie. Elle remarqua quelque chose de perché sur une branche. Il se tenait droit avec une énorme ombre. Amy s'avança un petit peu plus. La chose était dans l'ombre, impossible de savoir à quoi, elle ressemblait. Angélica se mit à bâiller tout en fermant les yeux, soudain la même sensation qu'à l'entraînement réapparurent. Angélica vit Amy se rapprochait de plus en plus, une étrange main noire flasque se rapprochait du visage d'Amy. Angélica sortit sa lance et trancha le bras flasque. Amy reprit ses esprits, comme si elle était hypnotisée par cette chose. Angélica et Amy reculèrent de quelques pas, la chose sortie de son antre. C'était un Toon ressemblant à un rapace avec d'énormes yeux et une langue toute gluante. Il avait des grandes dents à l'intérieur de son bec sombre et un pelage rouge et blanc. Angélica et Amy braquèrent leurs armes vers le Toon qui prit son envol à travers le zoo. Elles se lancèrent à sa poursuite. Elles coururent à travers les chemins malgré les nombreux obstacles. Mais le Toon était plus rapide qu'elles. Il volait tout en regardant en arrière, il se moquait de leur lenteur.

— Il est beaucoup trop rapide ! Comment on va faire ? dit Amy.

— J'en ai peut-être une !

Angélica utilisa sa lance comme si c'était un javelot. Elle traversa le vent pour trancher un morceau de son aile droite. Il s'écrasa au sol et courut dans les buissons les plus proches. Le deux filles avaient perdu sa trace, Angélica ramassa sa lance plantée au sol. Le deux filles se posèrent sur un banc afin de récupérer leurs souffles.

— Il est beaucoup trop rapide, on ne peut pas engager la poursuite, dit Angélica.

— J'ai peut-être une idée.

— Elle sortit de sa poche, une sorte de petite boule en or avec un petit bouton rouge.

— Qu'es que c'est ?

— Un piège à Toon. C'est avec ça que l'on pourra le capturer.

— Tu avais ça dans ta poche depuis le début ?!

— Oui, Madame Parks devait te le donner hier. Mais tu étais déjà parti. Alors elle me l'a confié.

— Comment on doit s'y prendre ?

— Je vais servir d'appât et c'est toi qui vas l'attraper.

— D'accord, mais ça ne me dit pas comment je dois m'en servir.

— Tu dois toucher le Toon avec le bouton rouge. Je vais me tenir au milieu et toi, tu lui sauteras dessus.

— D'accord, essayons !

Amy se plaça au beau milieu d'une petite place, tandis qu'Angélica était cachée dans les buissons. Elles attendirent pendant de longues minutes, avant que le Toon réapparut avec une aile en moins, il fut forcé de marcher comme un bipède. Amy et lui se regardèrent dans les yeux, le Toon avançait pas à pas. Angélica tenait sa lance de la main gauche et le piège de la main droite. Le Toon se rapprochait doucement d'Amy, sa langue lécha la joue d'Amy. Elle ne cessait de répéter : « Angélica dépêche toi ! ».

Le Toon ouvrit sa bouche, Angélica surgi des buissons et lui trancha la langue. Le Toon n'avait pas senti sa présence, il était trop occupé à lécher délicatement cette fille. Il hurla de douleur, elle put en profiter pour le piéger. La boule s'ouvrit en deux et un énorme filet blanc l'agrippa. Le Toon essaya de se débattre, mais le filet lui colla à la peau. La boule se referma avec le Toon à l'intérieur. Angélica et Amy eurent terminé leur première mission en temps que chasseuse. Angélica ramassa la balle au sol et la rangea dans sa poche. Amy se nettoya le visage avec sa manche et dit :

— On la enfin eut. Plus jamais je ne resservirais d'appât !

— Ça va aller ?

— Oui ça va, j'ai juste un Toon dégueu qui vient de me lécher la joue, mais ça va !

— Une voix se fit entendre de derrière eux, une voix féminine et douce.

— Bravo jeunes filles.

— Madame Parks ! dit Angélica.

— J'ai vu votre capture, bonne idée de votre part Miss Savini.

— Merci. Mais j'ai décidé de ne plus jamais servir d'appât.

— Veuillez me donner le piège.

Angélica sortit le piège de sa poche et elle l'offrit à Madame Parks. Madame Parks le rangea dans une poche juste en dessous de sa longue cape. Les trois femmes repartirent en direction du portail. Madame Parks l'ouvrit et les deux filles entrèrent. Quand elles arrivèrent dans la grande salle du conseil, elles virent Cole, Melvin et Wendy qui étaient assis sur les fauteuils. Angélica et Amy prirent place à côté d'eux.

Wendy leur demanda :

— Alors comment ça s'est passé ?

— On a réussi ! Dit Angélica avec un grand sourire.

— Ce n'était pas trop dur ? demanda Cole.

— J'ai pas envie d'en parler ! dit Amy.

Le groupe demanda à Angélica, la raison pour laquelle Amy ne voulait pas parler de cette soirée. Angélica leur répondit qu'il fallait mieux ne pas savoir. Hendricks et Becargent arrivèrent dans la salle, s'installèrent auprès de Vénus. Hendricks croisa ses jambes et baissa sa tête vers le groupe.

— Bravo, je suis fière de vous jeunes recrues.

— Étant donné que Monsieur Queen, Monsieur Sherman et Miss Winslet eurent réussi le rattrapage. Vous avez l'autorisation d'effectuer la prochaine mission avec Miss Pandolarium et Miss Savini, ajouta Becargent.

— Vraiment Monsieur ?! demanda Wendy avec enthousiasme.

— Oui, Miss Winslet. Nous vous donnerons les détails demain. Soyez présent ici à dix-neuf heures dix. Vous pouvez partir.

Le groupe ressortit du bâtiment en empruntant le même couloir de sortie. Tandis qu'Hendricks, Becargent et Parks s'entretenaient sur le même sujet qu'hier soir.

— As-tu reçu des nouvelles Hendricks ? demanda Becargent.

— Oui, c'est bien ce que nous craignons. La ligue de la Gorgone est de retour. Cette pièce montre bien qu'ils savent où se trouve Angélica.

— Il serait de retour ? demanda Parks.

— Rien n'est moins sûr, as-tu vu des choses étranges lors de la mission de Miss Pandolarium ?

— Non ça s'est bien passé. Elles ont accompli leur mission sans aucun problème.

— C'est peut-être une bonne nouvelle, mais rien ne prouve qu'ils ne vont rien tenter à l'avenir, dit Becargent.

— Oui tu as raison, j'enverrai une missive aux hauts gradés si la situation empire.

La ligue de la Gorgone, qu'es que cela peut-elle bien être ? Qui est cette personne que les chasseurs craignent ? Encore tant de questions à laquelle Angélica n'est au courant de rien. Elle ne savait rien de cette situation, elle ne s'était jamais posé la question. Mais le jour viendra où elle connaîtra enfin la vérité sur cette ligue de la Gorgone.

<u>Chapitre 06 :</u>

Le dragon dans son œuf

Le groupe d'Angélica attendait dans la salle du conseil, assis sur les fauteuils. Comme à leur habitude, ils attendaient Hendricks, Becargent et Parks pour recevoir les instructions de leur prochaine mission. Étant donné que cette fois-ci, tout le monde fut invité à participer. Wendy, Cole et Melvin attendirent impatiemment la venue de leur première mission. Ils avaient enfilé des vêtements légers, facilitant les mouvements de leurs corps. Sauf Angélica qui gardait ses beaux vêtements. C'était une question qui taraudait l'esprit de Wendy, pourquoi Angélica gardait toujours le même style vestimentaire ? Elle n'a jamais eu la réponse à cette question.

Les trois formateurs arrivèrent en retard.

— Excusez-nous de notre retard jeune recrues, dit Becargent.

— Nous avions une réunion avec les supérieurs, ajouta Parks.

Elle ne savait pas pourquoi, mais Angélica se doutait que c'était un mensonge. Le regard inexpressif d'Hendricks prouvait sa théorie.

— Vous allez effectuer votre première mission en groupe, dit Hendricks, votre mission se déroulera à l'hôtel Citizen de LongTown. Des rapports et des témoignages font état d'un Toon farceur qui vole la nourriture et espionne les résidants. Votre mission sera de le retrouver et de le capturer.

— Je remets le piège à Miss Savini, dit Parks en donnant le piège en mains propres.

Tout le monde se leva de son fauteuil et se dirigea vers la salle du portail. Le groupe entra dans le portail direction LongTown. Sur la grande place, ils remarquèrent que l'hôtel en question était juste devant eux. C'était un hôtel incroyablement grand, il était situé juste entre une boulangerie et un pub. Ses murs de briques étaient baignés avec une peinture blanche et brune. Il y avait un panneau avec le nom de l'hôtel : « Le Citizen ».

— On doit vraiment trouver un Toon là-dedans ? dit Wendy.

— Il y a plus de sept étages, comment on va s'organiser ? dit Melvin.

— On verra ça après, d'abord on rentre, dit Angélica.

Le groupe entra dans Le Citizen, ils pouvaient admirer l'incroyable décoration lumineuse de l'hôtel. Il y avait des lustres en cristaux et des meubles extrêmement chique. Ils avaient l'impression d'être dans un hôtel cinq étoiles. Un employé de l'hôtel vint à leur rencontre.

— Bonjour messieurs dame, puis je vous aider ?

— Oui, nous venons pour votre problème de Toon, dit Angélica.

— OH ! Vous êtes des chasseurs de Toons. Suivez-moi, je vais vous conduire vers le bureau du directeur.

Le groupe et le majordome traversèrent un couloir situé en dessous d'un grand escalier. Ils montèrent deux petites marches et le majordome frappa trois coups sur une porte en bois de chêne. Le groupe entra dans le bureau du directeur, c'était un bureau très large avec beaucoup de documents empilé sur des étagères. Le directeur de l'hôtel était un homme chauve avec une grande moustache. Il était habillé avec un costard très élégant et un mouchoir dans une poche sur son torse. Il remplissait un document sur son grand bureau en hêtre. Il posa son stylo et prêta attention aux arrivants.

— Qui êtes-vous ? demanda le directeur.

— Nous sommes des chasseurs de Toons, nous avons été envoyés pour résoudre votre problème, dit Wendy.

— J'attendais votre venue avec impatience. Nous perdons beaucoup de clients et de personnel à cause de ce Toon.

— Que pourriez-vous nous dire sur ce Toon ? demanda Cole.

— D'après les témoignages dont j'ai pris connaissance, ce serait un petit dragon avec une coquille d'œuf. Il ne serait pas un danger, juste un petit observateur. Mais les clients ont peur de lui, j'aimerais qu'il sorte du bâtiment et qu'il aille ailleurs.

Chasser un Toon sois disant inoffensif, juste pour récupérer de la clientèle. Beaucoup de personne penseraient que ceci était égoïste venant de cet homme. C'était ce que pensait Angélica, c'est pour cette raison que lorsqu'ils sortirent du bureau ; ils se séparèrent en deux groupes. Wendy, Cole et Melvin explorèrent les cinq derniers étages, tandis qu'Angélica et Amy explorèrent le rez-de-chaussée et les deux premiers étages.

En explorant le hall d'entrée, Angélica remarqua un drôle de personnage avec un petit chapeau. Il s'amusait avec une pièce avec une tête de Gorgone inscrit sur l'une des faces. Elle n'y prêta pas attention et elle continua sa ronde. C'était du côté de Wendy qui se passa quelque chose. Le trio explorait le quatrième étage.

— On va le chercher encore longtemps ? demanda Cole.

— Je ne sais pas, mais j'espère, dit Wendy.

— Un petit bruit de vaisselle se fit entendre à l'autre bout du couloir.

— Vous avez entendu ? demanda Melvin.

— Entendu quoi ? dit Cole.

— Le bruit de vaisselle ? dit Wendy.

— Oui, vous avez entendu ? On aurait dit des assiettes qui casse.

— Allons voir ! dit Wendy.

Le trio se dirigea au bout du couloir, il vit ce fameux Toon. Il devait mesurer entre 50 et 70 cm, il mangeait le repas d'une chambre et cassait les assiettes vides. En mangeant un poulet, il se retourna lentement vers le trio. Pris de panique, il cracha ce qu'il avait dans la bouche et s'enfuit. Le trio le poursuivit tout le long du couloir, mais ils n'arrivèrent pas à mettre la main dessus. Contrairement aux autres, le Toon ne se moquait pas d'eux. Il était juste effrayé et il volait. Au même moment, Angélica et Amy qui ne trouvaient rien au rez-de-chaussée, ni aux deux premiers ; elles avaient décidé de rejoindre leurs amis. Le Toon dragon se heurta contre Angélica, les deux prirent un violent coup à la tête. Les deux s'échangèrent un regard non pas en temps qu'ennemi, mais plutôt un regard curieux. Le Toon dragon semblait admiratif envers elle, ses yeux étaient grands ouverts et ils brillaient. Wendy, Cole et Melvin arrivèrent, ce qui fit fuir le Toon descendant les escaliers.

— Il se dirige au rez-de-chaussée ! dit Melvin.

Le Toon volait entre les clients et le personnel de l'hôtel. Les clients étaient effrayés par ce Toon qui volait près de leurs têtes. Angélica et le groupe aussi slalomèrent entre les personnes durant leur course-poursuite.

— Il va vers la salle de bal ! hurla Angélica.

Le Toon poussa les deux énormes portes et entra dans la salle. Angélica se stoppa devant les portes.

— Qu'est qui se passe, pourquoi tu t'arrêtes ? demanda Amy.

— Il faut éviter de blesser ce Toon.

— Pourquoi ? demanda Wendy.

— Je pense que l'on peut l'attraper sans utiliser la violence.

— Comment tu comptes t'y prendre ? demanda Amy.

— Faites moi confiance.

Le groupe entra dans la salle. C'était une gigantesque salle avec beaucoup de buffets. Parmi les trois grands meubles situés au fond de la pièce, le Toon devait être en dessous de l'un d'entre eux ; bien caché sous une longue nappe blanche. Angélica ne dégaina même pas son arme, elle gardait les mains en l'air.

— Ne t'en fais pas, nous ne te ferons pas mal.

Le Toon était en dessous du meuble du milieu, il tremblait et pleurait toutes les larmes de son corps. Quand Angélica prononça ses quelques mots, il cessa son chagrin et écouta sa douce voix.

— Nous sommes pas là pour te faire du mal. Nous affrontons seulement les mauvais Toons, ce que tu n'es pas !

Le Toon ressortit de la nappe et vola doucement en sa direction. Son long museau toucha la paume de la main droite d'Angélica. Soudain, les portes s'ouvrirent violemment.

Comme si quelqu'un avait donné un violent coup de pied.

Quand le groupe se retourna, Angélica reconnut l'homme à la pièce. Il continuait à s'amuser et il l'envoya au sol. Un Toon ressemblant à une sorte de guêpe surgit de la pièce. Elle était incroyablement grande avec les traditionnelles couleurs noire et jaune. Sous ses mandibules, elle riait aux éclats avec une de ces mains cartoonesque devant sa bouche. L'homme ressortit de la pièce en murmurant : « Au revoir, Pandolarium. ».

Le groupe se retrouva face à la guêpe Toon géante. Ils étaient tétanisés face à elle. Son dard géant prêt à attaquer, de la bave coulant de sa bouche, son rire démoniaque et moqueur. Ses yeux qui fixaient tous les humains ici présents.

— On fait comme à l'entraînement ! dit Angélica.

— Comme avec le Toon Titan, il est au bon endroit, plus qu'à l'éliminer, dit Cole.

— En position !

Le Toon dragon partit se cacher en dessous d'une table, pendant que le groupe dégaina leurs armes. Le Toon guêpe semblait furieux et commença son attaque avec son dard. Le dard perçait des trous sur le sol, chacun courrait dans une direction en esquivant les coups de dard. Cole et Amy furent les deux premiers à tenter une attaque. Les lames plasma tranchèrent quelques morceaux du Toon qui ne semblait pas ressentir la douleur. Le Toon les repoussa avec une grande violence, qu'ils se heurtèrent contre le mur le plus proche. Le choc était telle qu'Amy ne put se relever son bras lui faisant atrocement mal. En voyant Amy se tenir le bras gauche et Melvin resta à ces côtés, Angélica fut prise d'une grande colère. Elle fonça tête baissé vers le Toon, ce fut un vrai duel. Le Toon se servait de son dard comme d'une épée. Il réussit à repousser Angélica, elle se retrouva juste tout prêt de la table où était caché le petit Toon dragon. Pendant que Wendy et Cole prirent sa place et affrontèrent le Toon, Angélica regardait le petit Toon. Il faisait beaucoup de signes, mais elle ne comprenait rien. Le petit dragon se frappa le visage et il devint comme une sorte de fumée. Il entra dans la boucle de la ceinture d'Angélica.

Quand elle se releva, le Toon ressortit de la ceinture et se positionna juste derrière elle en devenant, un gigantesque dragon. Il n'était plus le petit dragon mignon, il était devenu un énorme dragon impressionnant. Amy et les autres furent stupéfaits de voir ce monstre dans le dos d'Angélica.

— C'est quoi ce truc !? dit Melvin.

— C'est le Toon dragon de tout à l'heure ! dit Wendy.

— Il était pas aussi grand que ça, dit Melvin.

En regardant de plus près, Amy remarqua qu'Angélica avait d'étranges marques sur les joues. Des traces ressemblant à des griffes acérées. Elle était consciente de sa situation, elle savait que le petit Toon et elle ne formaient plus qu'une seule et même personne. Le Toon guêpe prit peur face à ce dragon. Angélica leva la main et d'un signe, le dragon cracha du feu par ses naseaux. Le Toon guêpe devint une torche vivante et petit à petit, il s'évapora dans un nuage de poussière.

Le Toon dragon redevint un petit dragon dans sa coquille brisé. Le groupe se rassembla au milieu de la pièce, rejoignant Angélica et le petit dragon.

— Angélica ça va ? demanda Cole.

— Oui, je crois.

— C'est incroyable ! Tu as fusionné avec ce Toon ! Comment tu as fait ? demanda Melvin.

— Je ne sais pas, c'est lui qui a eu l'idée, dit Angélica en pointant le petit dragon du doigt.

— Quoi, le petit dragon ? dit Wendy.

— Oui, c'est lui qui a eu l'idée.

Le petit dragon se posa sur l'épaule gauche d'Angélica en souriant et rougissant. Il retourna dans sa boucle de ceinture.

— Je vous l'avez dit que l'on pouvait l'attraper sans utiliser la violence.

— Oui tu avais raison, ce Toon est différent de ceux que l'on a rencontrés auparavant, dit Amy.

— Nous en parlerons à Monsieur Hendricks, dit Wendy.

— Il faut aussi leur parler de cet homme, celui avec la pièce, dit Angélica.

— Oui, qui était cet homme ? dit Amy.

— Nous en saurons plus de la part de Monsieur Hendricks, dit Cole.

— Le groupe sortait de la salle de bal et croisa le directeur de l'hôtel.

— Alors jeunes chasseurs, tout s'est bien passé ?

— Oui, nous avons attrapé votre Toon, dit Angélica, il est dans cette boule.

— Par contre, il y a un peu de désordre, dit Cole.

Le directeur se dirigea vers la salle, elle était dans un état pas possible. Des tables cassées, des nappes déchirées et de la nourriture gâchées. Le directeur tomba à genoux quand il vit des gigantesques trous dans les murs. Il leva la tête et dit à son majordome : « Au moins, le Toon ne sera plus ici. ». Le

groupe s'éclipsa discrètement dehors, en direction du portail.

Angélica remarqua qu'Amy se tenait le bras, elle gémissait de

douleur. Elle s'arrêta devant elle et lui fit une attelle en

déchirant une manche de son pull.

— Merci, dit Amy.

— De rien, Tu aura moins mal au bras.

— Comment tu as appris à faire ça ? demanda Cole.

— C'est moi qui étais l'infirmière à mon orphelinat. Je sais

beaucoup de choses sur les soins.

Le groupe remarqua que Monsieur Becargent attendait

devant le portail.

— Jeunes chasseurs !

Il remarqua qu'Amy avait un bras en piteux état.

— Que vous est-il arrivé Miss Savini ?

— On a eu un problème lors de la mission.

— Un problème ?

Angélica s'avança.

— Nous avons effectivement affronter un Toon, mais pas celui que nous devions éliminer.

— Je vous écoute.

— Un homme curieux à utiliser une pièce pour invoquer un Toon Titan.

— Un homme ? Avez-vous la pièce en question ?

— Moi je l'ai ramassé Monsieur Becargent, dit Melvin.

Melvin donna la pièce à Monsieur Becargent, ce fut la stupéfaction. Becargent reconnut la tête de Gorgone gravé sur l'une des faces.

— Nous avons réussi a battre le Toon grâce à lui, dit Angélica.

Elle frotta la boucle de sa ceinture et le petit dragon Toon en sortit. Ce fut une nouvelle stupéfaction pour Monsieur Becargent. Le dragon fit un signe de main comme bonjour. Becargent ouvrit le portail, direction le QG.

Dans la grande salle du conseil, Hendricks et Parks attendaient assis sur leurs fauteuils. Hendricks se retourna et vit le petit Toon dragon sur l'épaule d'Angélica.

— Miss Pandolarium, que fait ce Toon sur votre épaule.

— La mission ne sait pas passer comme prévu.

— Comment ça ?

— Un homme est apparut et a invoqué un Toon Titan. Ce petit Toon nous a aider à le vaincre.

— Est-ce que cet homme a utiliser une pièce pour invoquer ce Toon Titan ?

— Oui, dit Becargent.

Hendricks se saisit de la pièce et vit la Gorgone gravé. C'était bien ce qu'il pensait. Il fit une tête d'effrayer, ce qui attira le regard d'Angélica.

— Vous allez bien Monsieur Hendricks ?

— Oui….. Oui ça va. Vous pouvez rentrer chez vous.

Le groupe commença a se diriger vers la sortie. Mais Hendricks stoppa Angélica et Amy.

114

— Miss Savini, suite à votre blessure vous avez congé jusqu'à nouvel ordre. Miss Pandolarium, veuillez me donner votre ceinture.

Angélica détacha sa ceinture et la donna à Monsieur Hendricks.

— Est-ce que je suis viré ?

— Non voyons. Mais demain, je vous emmène voir les hauts gradés.

— Les hauts gradés ! Pourquoi ?

— Il y a quelque chose que vous devez savoir. Mais je ne suis pas le mieux placer pour vous en parler. Cela concerne vous et ce Toon.

Le dragon fit une drôle de tête, Hendricks le rassura. Ce n'était pas une question d'extermination, ou quoique ce soit en rapport avec les captures. Mais il n'en dit pas plus, il laissa le petit dragon retourner dans la ceinture et Angélica répartit chez elle.

Jusqu'à son retour chez elle, de nouvelles questions l'hantèrent. Qui était cet homme ? Pourquoi une pièce avec une Gorgone ? Et surtout, Pourquoi un rendez-vous avec les hauts gradés ?

Chapitre 07 :

Au bureau du directeur

Le lendemain matin, Hendricks emmena Angélica

jusqu'à LongTown pour qu'elle vers le quartier général des

chasseurs de Toons. Hendricks ne prononçait même pas un

seul mot de tout le trajet. Seulement une centaine de mètres les

séparaient du grand quartier général, Angélica n'avait pas sa

ceinture autour de la taille. Étant donné que c'était Hendricks

qui l'avait toujours dans sa main. Angélica s'inquiétait de son

futur sort, elle a été aidée d'un Toon. Peut-être que c'est

interdit dans une de leurs lois. Hendricks et elle arrivèrent

juste devant l'incroyable monument de LongTown, le fameux

quartier général des chasseurs de Toons. C'était un incroyable

bâtiment construit avec un matériau appelé platine blanc. Un

métal très précieux, encore bien plus que l'orichalque. Un

matériau qui sert de barrière contre les Toons. Hendricks vit

l'incroyable bonheur dans les yeux d'Angélica, elle lui

demanda

— Est-ce bien ici le quartier général ?

Il ne lui dit pas un mot, juste un petit :

— On y va.

Ils arrivèrent devant la grande porte en platine blanc, d'incroyables armoiries décoraient cette devanture. Hendricks regarda la gargouille qui lui dit :

— Hendricks te revoilà, un problème avec ton unité ?

— Non au contraire, je te ramène Angélica Pandolarium.

— Quoi ! Pandolarium ! Entre vite !

Il frappa à la porte et elle s'ouvrit toute seule. Elle découvrit pour la première fois le gigantesque Hall du quartier général. Tout était blanc, il y avait quelques décorations comme des tableaux de grands peintre et quelques sculptures magnifiques. Il y avait beaucoup de personnes en longs manteaux qui allait et venait.

— Miss Pandolarium, bienvenue au quartier général des chasseurs de Toons.

— J'imaginais pas que c'était aussi grand.

— Vous avez dû être surprise par le Toon dehors ?

— C'était un Toon !

— Oui, c'est une catégorie de Toon auquel vous n'avez encore rien appris. Ce sont l'équivalent des familiers, un peu comme votre dragon.

— Que devons-nous faire ?

— Suivez moi.

Hendricks et Angélica se dirigèrent vers le secrétariat, un petit bureau en quartz. Il y avait une belle femme aux longs cheveux bleu. Elle portait une petite jupe, ses cheveux étaient attaché en queue-de-cheval et elle avait une tenue de travaille correcte. Il s'agissait de Mona, la secrétaire du quartier général. C'était elle qui gérait les nombreux rendez-vous et mission concernant les Toons. À côté d'elle, elle avait un Toon servant ressemblant à un beau papillon rose. Elle leva la tête et vit Hendricks avec une curieuse personne.

— Hecthor Hendricks.

— Mona, comment ça va en ce moment ?

— On est blindé en ce qui concerne les Toons, il y a trop de demandes de mission. Et toi comment puis-je t'aider ?

— Il faut que je rencontre le directeur Algor. Je dois lui présenter cette petite.

— Qui est t elle ?

— Sois discret, c'est Miss Angélica Pandolarium.

— La fille de Charles et Justine !

— Oui. Elle doit voir le directeur.

— Attends que je consulte le registre.

Mona regarda dans le registre des rendez-vous du directeur.

— Il est occupé pour l'instant, asseyez vous juste là. Je vous préviendrai quand il sera disponible.

— Merci Mona.

Hendricks et Angélica prirent place sur des sièges posés dans un coin du hall, juste à côté du bureau de Mona. Ils attendirent pendant un petit moment, Hendricks lui demanda :

— Jamais vous n'auriez cru venir au quartier général aussitôt.

— Monsieur Hendricks ?

— Oui ?

— Comment se fait-il que tout le monde sache qui je suis ?

— Je vous ai déjà dit que je n'étais pas la personnes la mieux placé pour vous en parler.

— Nous allons vraiment rencontrer le grand directeur ?

— Oui, c'est pour ça que nous sommes là. L'heure est enfin venue pour vous de le rencontrer. C'est un grand homme sage, il ne vous laissera pas indifférent.

Ce fut enfin le moment, Mona prévenu Hendricks que le directeur était disponible. Ils se levèrent de leurs fauteuils et partirent en direction d'un grand escalier en quartz, menant à un passage à deux couloirs. Ils prirent celui de gauche. Au bout de celui-ci, il y avait une grande porte en acier avec un Toon chat dessiné avec des tiges d'or. Angélica crut reconnaître le chat qui les avait attaqués elle et sa mère.

Hendricks tapa trois coups à la porte, ils purent aussi entrer dans le bureau du directeur Algor. C'était une gigantesque salle avec des bibliothèques et des vitrines rempli de quelques répliques de créatures en modèle réduit, des Toons en dessin et des manches d'armes avec une étiquette accrocher. Le directeur est assis sur son bureau rempli de parchemin et de livres, il y avait aussi à sa droite ; un pot avec des fleurs aux pétales blanches et aux pistils rouges. À côté de son bureau, il y avait une petite fille en kimono rouge traditionnelle. Elle avait un shamisen, un instrument folklorique japonais, elle jouait un air. En la regardant Angélica crut que cette fille était aveugle et sourde. Ces yeux étaient bandés et elle ne semblait pas se rendre compte de la présence de personnes. Le directeur écrivait un message sur un parchemin, lorsqu'il remarqua la présence d'Angélica et de Hendricks. Il posa sa plume, s'adressa à eux.

— Miss Pandolarium qu'elle surprise, c'est la première fois que vous venez jusqu'à mon bureau.

— Oui, enchanté de faire votre connaissance, dit elle en s'inclinant.

— Voyons relève toi. Ne faites pas ce genre de chose envers moi.

Le directeur s'adressa à Hendricks.

— Hendricks, comment se déroule vos missions, est-ce que les recrues s'en sortent ?

— Oui monsieur le directeur. Les recrues s'en sortent très bien, surtout Miss Pandolarium. Elle est incroyable.

— Je n'en doute pas.

— Mais la situation empire.

— Comment ça ?

— La ligue de la Gorgone.

Ce nom fit frissonner de peur Angélica, malgré qu'elle n'ait jamais entendu parler de cette « Ligue ». Le directeur s'avança jusque devant eux, il n'eut pas très bien compris les paroles d'Hendricks. Il lui montra l'une de ces pièces.

— Je vous ai envoyé une de ces pièces il y a quelque temps. Vous vous souvenez ?

— Oui, je m'en rappelle bien.

— Ils ont recommencé ! Miss Pandolarium est une témoin importante.

— Est-ce la vérité, Miss Pandolarium ?

— Oui Monsieur le Directeur. Lors de notre mission, un homme à lancer une pièce et a invoqué un Toon Titan.

Le directeur avait un visage étrange et la musique de la jeune fille se stoppa.

— Monsieur le Directeur, Qu'est-ce c'est que cette ligue de la Gorgone ?

— Je ne voulais pas vous en parler, mais il semblerait que je n'aie plus le choix. La ligue de la Gorgone est plus grand adversaire des chasseurs de Toons. Contrairement à nous, ils utilisent les Toons Serviteurs comme des armes pour dominer le monde.

— Des Toons Serviteurs ?

— Oui, il fut un temps où cette organisation était au sommet de leur gloire. Nous avons réussi à les vaincre grâce à vos parents.

— Mais cela leur a coûté la vie ?

— Oui, leur leader en est la cause.

— Comment s'appelle-t-il ?

— Tepès.

— Tepès ?

— Oui, Miss Pandolarium. C'est un homme d'une extrême cruauté. Il faisait parti des premiers chasseurs de Toons depuis le XVI siècle. Il réussit à maîtriser une magie faisant de lui un immortel. C'est pour cette raison que LongTown est naît. LongTown est un endroit où les chasseurs de Toons et leurs familles puisent vivre de leur travail sans se soucier du monde extérieur.

— Nous sommes dans un autre monde ?

— Pas exactement. LongTown est juste un endroit égaré auquel aucun humain normal ne peut découvrir.

— Mes parents vivait ici ? Oui, jusqu'au jour où il réussit à les retrouver et à les tuer.

Angélica commençait à être prise par le chagrin. Elle essuya ses larmes.

— Où est-il à présent ?

— Il serait mort. À se prendre pour Dieu, il a joué avec sa vie. Un homme qui contrôle ma magie ne doit pas se prendre pour Dieu.

Autant de sagesse venant de cet homme. Le directeur s'avança vers Angélica et lui donna une de ces fleurs blanches en lui adressant un sourire. Angélica remarqua un étrange objet autour de son cou. Il s'agissait d'un monocle avec un conture violet orné de diamants. Elle n'y prêta pas vraiment attention, elle le trouvait juste très joli. Mais par curiosité, elle demanda au directeur le nom de cet objet. Le directeur lui répondit que ceci était un monocle offert par son ancêtre. C'était juste un objet qui se transmuait de génération en génération. Le directeur quitta le regard d'Angélica pour s'adresser au professeur Hendricks :

— Hector, j'aimerais que tu rendes la ceinture de Miss Pandolarium.

— Oui monsieur.

Hendricks redonna la ceinture à Angélica. Elle le remit autour de sa taille et son dragon en sortit. Il était heureux de revoir son amie.

— C'est un magnifique Toon servant que vous avez là. A-t-il un nom ?

— Non, je n'y ai pas pensé.

— Comment allez-vous l'appeler ?

— Cracheur.

— Original.

Un nom original certes, mais un peu moche. Pourtant, cela semblait lui convenir. Il était heureux de recevoir ce nom. Il retourna dans la ceinture d'Angélica aussi vite que possible.

Avant de partir, le directeur semblait vouloir s'entretenir avec Hendricks un moment. Hendricks demanda à

Angélica d'attendre dans le grand Hall. Elle dit au revoir au directeur et partit attendre Hendricks dans le Hall.

— De quoi voulez-vous me parler ?

— Vous prévenir plutôt. Je vais vous envoyer un chasseur pour vous aider, il aura pour mission de protéger Miss Pandolarium en cas de nouvelle attaque venant de la ligue.

— Qui est-il ?

— Joshua Prague.

— Joshua Prague, vous allez un peu fort. Il est l'un de nos meilleurs éléments. Il vous sera d'une grande aide. Vous connaissez les exploits qu'il a accomplis lors de l'affrontement contre Tepès et sa ligue.

— Oui je connais très bien cela. Quand arrivera t-il ?

— Je vous l'enverrez demain. Pour l'instant, rester vigilant.

Hendricks quitta le bureau. Le directeur s'assit derrière son bureau.

— Elle ressemble beaucoup à son père. Tu ne trouves pas

Émilia ?

La jeune fille en kimono avait bien un nom, ce nom

était Émilia. Un nom qui collait plus bien avec son apparence.

Elle hocha la tête en guise de réponse positive et continua son

air musical. Le directeur se replongea dans son écriture, il

appuya sur un bouton et demanda à Mona de convoquer

Joshua Prague.

Chapitre 08 :

L'ombre d'un lien

Angélica se réveilla chez elle après avoir dormi plus de quatre heures d'affiler. Elle se réveilla avec un mal de tête, Cracheur était à ses côtés et il dormait. Elle lui sourit et le réveilla. Il était heureux, enfin, il réagissait exactement comme un chien. Il tirait la langue. Il descendit en bas pour prendre leur petit-déjeuner. C'était incroyable à quel point Cracheur mangeait beaucoup, encore heureux que Miss Haning eut prévu pour trois mois de courses. En mangeant son beignet et en se coiffant les cheveux, Angélica remarqua qu'il y avait un message sur son téléphone. C'était un SMS de sa mère :

Ma chérie,

je risque de rester chez tante Lucille un petit peu plus longtemps que prévu, j'espère que tu ne t'ennuies pas. Bisous maman

Une chance pour elle, elle allait pouvoir profiter de son train de vie un petit peu plus longtemps que prévu. C'était devenu sa nouvelle routine. À la maison, elle était Angélica Haning, à LongTown elle était Angélica Pandolarium. Elle enfila sa ceinture et demanda à Cracheur de revenir dans la ceinture. Il lâcha le dernier morceau de gâteau qu'il avait dans la bouche et retourna dans la ceinture. Elle enfila son pull et partit pour son endroit habituel.

— Sur place, elle croisa Amy, Melvin et Monsieur Becargent.

— Angélica te voilà, on t'attendait, dit Melvin.

— On a une mission ?

— Oui, dit Becargent, une affaire dans les recoins de LongTown. Un Toon ressemblant à une chauve-souris s'attaquerait aux passants.

— D'accord je pose mon vélo et on y va.

Angélica prit son vélo et le déposa sur le même pilonne en béton. Ils entrèrent dans le bâtiment avant de descendre dans le puits d'entrer.

Pendant ce temps, quelqu'un prit place sur un fauteuil dans la salle du conseil. La personne en question était un homme habillé en costume élégant avec un chapeau de haute

forme et une canne en fer. Le pommeau de la canne

ressemblait beaucoup à une tête de harpie féroce. Hendricks

prit place et demanda :

— À qui ai-je l'honneur ?

— Monsieur alors permettez-moi de me présenter, dit il en

enlevant son chapeau, je me nomme Joshua Prague, je suis

celui chargé de la protection de Miss Pandolarium.

Hendricks remarqua également qu'il disait la vérité.

Sur la partie gauche de son manteau, il y avait le symbole des

chasseurs de Toons. La fameuse tête de chat avec une lame

plasma. Sa voix était douce et calme, il ne semblait pas hostile.

— Notre cher directeur, vous a prévenu, il me semble.

Attestant que je devais vous rendre visite.

— Oui en effet.

— Alors comme ça, la descendance des Pandolarium est dans

votre troupe de jeunes recrues ?

— Oui. Elle est également très douée dans le maniement de la lance tout comme l'a été son frère.

— Ah oui Varius. Dommage qu'il n'a jamais donné signe de vie. Il aurait été un grand mentor pour sa petite sœur. Où est-elle en ce moment ?

— Elle a une mission aujourd'hui, vous pourrez la voir à l'œuvre.

— J'ai hâte de voir ça.

Angélica entra dans la salle et vit Joshua Prague. Pendant un bref instant, leurs regards se croisèrent, un sentiment d'oppression l'envahit, l'homme se dirigea vers elle et lui demanda de sa voix douce et délicate :

— Êtes vous Angélica Pandolarium ?

— Oui c'est moi.

— Enchanté de vous rencontrer enfin, dit-il avec un grand sourire et lui tendant sa main, je suis Joshua Prague chasseurs de Toons professionnels et potentiellement votre protecteur. Puis-je vous parler seul à seul ?

Angélica regarda Monsieur Becargent. Il répondit à Angélica que cela ne le dérangé pas et ils partirent vers le portail. Hendricks sortit également de la salle du conseil, laissant Angélica seule avec Joshua Prague.

— Que voulez-vous dire par protecteur ?

— Disons que j'ai reçu pour mission de vous protéger contre la ligue de la Gorgone. Et sans vouloir me vanter, j'ai connu votre famille.

— Vous aviez connu ma famille ?

— Oui, cela remonte à fort longtemps. Bien avant que le malheur ne s'abatte sur eux.

— Pourriez-vous me parler d'eux ?

— Votre père s'appelait Charles Pandolarium, c'était un homme très riche et très intelligent. Votre mère s'appelait Justine Pandolarium, une femme très belle et avec ce petit côté altruiste.

— Avais-je des frères ou encore des sœurs ?

— Oui vous avez un frère. Mais lui aussi nous ne savons pas où il se trouve. La dernière fois que l'on a entendu parler de lui, il était parti de chez ses parents après son mariage avec la fille du directeur Algor.

— Comment s'appelle-t-il ?

— Varius.

— Varius, j'ai déjà entendu ce nom.

Angélica réfléchit et elle se souvient, elle avait entendu ce nom le jour où elle était à LongTown pour sa baguette.

— Je m'en rappelle, c'est lui qui m'a léguer ma lance le jour où j'étais a LongTown pour mes affaires.

— Ceci est la preuve qu'il tient toujours à vous Miss Pandolarium.

— J'aimerais tellement pourvoir les rencontrer.

— Peut-être qu'un jour ce sera le cas.

Monsieur Prague se lève du fauteuil, saisit sa canne et en marchant avec Angélica, il dit une dernière chose à

Angélica en souriant : « Si vous voulez savoir une chose sur votre famille, je vous pose cette devinette : Si j'ai du muguet et que le remplace par des œillets, qu'est-ce que l'on obtient ? ». Il disparaît dans le couloir, laissant Angélica dans sa confusion et sa réflexion. Cette devinette paraît être étrange au premier regard et sa solution de même. Mais peut-être qu'elle comprendra que la solution n'est pas celle que l'on pense.

Angélica partit le rejoindre avec le groupe.

— Vous en avez mis du temps, dit Amy.

Amy remarqua la compagnie de Monsieur Prague.

— Qui êtes-vous monsieur ? demanda Becargent.

— Joshua Prague, protecteur de Miss Pandolarium et chasseur de Toon professionnels. J'ai pour obligation d'assister Miss Pandolarium pendant ces missions.

— Bien, Monsieur Prague bienvenue parmi nous.

— Quelle est la mission ? demanda Joshua.

— Mission d'élimination, un Toon s'attaquerait aux passants à LongTown.

— Ce sera du gâteau.

Becargent ouvrit le portail et laissa le groupe aux mains de Monsieur Prague. Arrivée à LongTown, le groupe se mit en quête du Toon chauve-souris. Ils traversèrent les nombreuses rues et ruelles sombres. Mais ils ne trouvaient rien. Quand ils arrivèrent dans une autre ruelle, Amy tapa le dos d'Angélica.

— C'est quoi cette histoire de protection ? demanda Amy.

— Je vous expliquerai plus tard. C'est assez compliqué, je préfère que tous le monde le sache. Sinon ça va mieux ton bras ?

— Oui beaucoup mieux. J'ai eu mon jour de repos hier, la douleur s'est calmé le soir même. Ça devait être une douleur passagère.

— Prague stoppa la marche du groupe avec sa canne.

— Qu'est-ce qui se passe Monsieur Prague ?

— Il arrive !

C'était le cas, le Toon en forme de chauve-souris surgit des airs en fonçant vers Amy. Angélica eut le réflexe de lui trancher une partie de son aile droite. Il s'écrasa au sol, sa tête frappa la première, il n'était pas loin d'être confus.

— Vous avez de très bons réflexes Miss Pandolarium. Je ne croyais pas Hendricks quand il m'a parlé de votre efficacité. Maintenant laissez moi faire.

Le Toon était en colère et il fonça tout droit sur Joshua. Ses dents étaient prêtes à mordre et déchiqueté sa chair. Il fonça vers lui comme une fusée, ce qui ne semblait pas effrayé Joshua. Il l'attendait de pied ferme.. La mâchoire du Toon passa juste devant lui, Joshua claqua des doigts. Le Toon se stoppa juste devant le groupe, il se désintégra après avoir était tranché en deux. Le groupe était stupéfait, ils n'eurent rien compris à ce qu'il venait de se passer. Joshua leur dit : « Vous aussi quand vous aurez atteint mon niveau, vous serez capable de les exécuter sans bouger le moindre petit doigt. ».

Voici donc la puissance d'un chasseur professionnel. Beaucoup devraient être effrayés par ce mouvement, mais ce fut le contraire. Angélica voulait atteindre son niveau, cela lui donna un nouvel objectif à atteindre.

Chapitre 09 :

Le lac aux sirènes

Angélica attendait dans la salle du conseil avec les autres, elle était assise, voir presque allongé sur l'accoudoir. Cela faisait dix longues minutes qu'ils attendaient les instructeurs. Ils étaient encore en retard.

— Ils sont longs, dit Cole.

— Ils n'ont jamais été en retard à ce point, dit Wendy.

Amy regardait Angélica qui bougeait ses jambes de haut en bas et de gauche à droite.

— Dit moi Angélica.

— Quoi ?

— Tu ne m'a pas répondu hier.

— Sur quel sujet ?

— Pourquoi tu as une garde rapproché ?

Cole, Wendy et Melvin entendirent les quelques mots d'Amy.

— Tu as une garde rapproché ? demanda Cole.

— Oui depuis peu.

— Pourquoi toi en particulier, c'est par rapport à la dernière fois ? dit Wendy.

Joshua apparut dans l'ombre.

— Vous êtes loin de la vérité, jeunes recrues.

— Qui êtes-vous ? demanda Wendy.

— Je me nomme Joshua Prague, chasseur de Toon professionnels et garde rapproché de Miss Pandolarium. Vous devriez savoir que Miss Pandolarium est beaucoup plus menacé que vous quatre réunis. Vous avez affronté beaucoup de Toon, mais sachez qu'il y a un ennemi beaucoup plus dangereux.

— Un ennemi beaucoup plus dangereux ? dit Amy.

— Tepès et la Ligue de la Gorgone ! dit Angélica.

— Qui sont-ils ?

— L'antithèse des chasseurs de Toons, dit Melvin.

— Vous les connaissez Monsieur Sherman ? demanda Joshua.

— Mon père m'en a vaguement parlé. Ils sont tous morts et enterré. Du moins, c'est ce que je pensais avant l'attaque de la guêpe.

— Oui ils sont toujours là, et leur cible est parmi vous, dit Joshua.

— Angélica ! dit Amy.

— Oui, la famille de Miss Pandolarium était la famille de chasseurs la plus respecté et la plus forte d'entre toutes. Mais un jour, Tepès et ses apôtres les ont massacrés. Seules deux personnes survécurent, Angélica et Varius Pandolarium. Je ne sais pas par quel miracle vous avez survécu. Mais ils vont tout faire pour finir le travail.

Le groupe regarda Angélica, elle avait un visage gravé dans le chagrin et la stupéfaction. Un sentiment de regret les envahit.

— Désolé Angie, dit Wendy, nous ne le savions pas.

— C'est pas grave, je devais vous en parler aujourd'hui. Mais Monsieur Prague la fait avant moi.

— Mais Monsieur, dit Cole, où sont Monsieur Hendricks et les autres ?

— Ils sont à LongTown, au quartier général. Vous n'avez aucune mission de preuve aujourd'hui.

— Quoi ! Je me suis levé tôt pour rien ! dit Melvin.

— Qu'es qu'on va faire ?

— Vous pourriez aller au lac juste à côté de LongTown. C'est un endroit charmant et reposant. Profiter de votre jour de congé.

Tout le groupe se décida et ils décidèrent de visiter le lac de LongTown. Mais un problème persistait, aucun membre du groupe ne savait ouvrir le portail. Joshua sortit deux de ces fameuses boules permettant d'ouvrir le portail. Wendy se saisit des boules et le groupe se dirigea vers le portail. Chacun se plaça et Wendy lança la boule en criant : « LongTown ! ». La téléportation avait réussi. Ils sont sur la grande place de LongTown. Ils commencèrent leurs longues marches vers le lac.

Arrivée au lac, ils purent voir qu'il s'étendait à perte de vue, ce qui souleva la curiosité des jeunes.

— Je n'ai jamais vu un lac aussi grand de toute ma vie, dit Angélica.

— Moi non plus, il doit être encore plus grand que le Loch Ness, dit Cole.

— Heureusement qu'il n'y a pas de monstre, dit Amy.

— Le monstre du Loch Ness a existé, j'ai demandé à Monsieur Becargent. Il m'a dit que c'était un Toon. Mais il a été éliminé lors d'une mission.

— Désolé pour toi Cole, dit Amy

— Génial la créature lacustre les plus mystérieuses du monde était un Toon, dit Wendy.

— Du coup les monstres du lac Champlain ou encore du lac Okanagan en son aussi, demanda Angélica.

— Exactement Angélica.

— C'est incroyable à quel point, tu es passionné par ce genre de créatures.

— Oui depuis que je suis tout petit.

— Au fait Angélica, tu as toujours le petit dragon Toon ? demanda Amy.

— Oui, d'ailleurs j'en ai appris beaucoup plus sur lui. C'est un Toon Servant, une catégorie de Toon qui protège les humains.

— Woh ! C'est génial, dit Cole.

— Tu crois que l'on en aura un, un jour ? demanda Wendy.

— Bien sûr pourquoi vous ne pourriez pas ?

— Cole continua de parler d'animaux fantastiques au groupe. Quant à Angélica, elle remarqua un petit groupe d'étrange créature se promenant à côté de la berge.

— Regarder là-bas !

— C'est des palusterns, dit Cole, Monsieur Becargent m'en a aussi parlé. C'est une espèce qui vit uniquement dans l'eau. Mais va de temps en temps sur la terre ferme pour se nourrir d'insectes.

Cette espèce animale ressemblait à un canard sauf qu'il avait un énorme bec de pélican malgré sa taille. Angélica se saisit un petit morceau de pain qu'elle avait dans sa poche, et tenta de leur donner à manger. Un des petits s'écarta de sa mère et vint renifler le petit bout de pain. Contrairement à d'autres espèces animales protégeant leurs petits, la mère ne semblait pas craintive. Le petit mangea le bout de pain avec appétit. Il fit à Angélica un petit bruit mignon pour la remercier de lui avoir donné à manger. Mais soudain, quelque chose agrippa le petit bébé palustern avec une grande violence. La mère et les autres petits retournèrent dans l'eau, effrayer par ce mouvement. Angélica et le groupe regardèrent vers le lac, il remarqua des créatures féminines sortir de l'eau la tête la première. Six au total, elle ressemblait à des femmes monstrueuses avec des queues de poisson.

— Ce sont des sirènes ! se mit à hurler Cole.

— Il y a des sirènes dans ce monde !? dit Wendy.

Le groupe remarqua que les sirènes avaient quelques choses dans leurs mains droites, une sorte d'algue servant de fouet et de lasso. L'une d'entre elle tira la langue et se lécha les babines :

— Je ne sais pas vous mais je crois qu'elles ont l'intention de nous transformer en quatre heures, dit Cole.

— Non elles sont vraiment l'intention de nous manger, dit Angélica.

Une des sirènes envoya son algue et attrapa la jambe de Cole. Elle le tira de toutes ses forces et le traîna au sol. Angélica utilisa sa lame et trancha l'algue de la sirène. Les sirènes en colère continuèrent leurs attaques et tentèrent d'attraper le groupe. Le groupe esquiva tous les coups de fouet. Le groupe ne pouvait pas attaquer, les sirènes étaient loin dans l'eau. Vu la taille du lac et à moins d'avoir des nageoires et des branchies, impossibles pour eux de les atteindre. La seule chose qu'ils pouvaient faire, c'était de trancher les algues à la portée de leurs lames. L'une d'entre elle attrapa Angélica par le mollet et tenta de l'entraîner dans les profondeurs du lac. Amy se saisit de sa main gauche et tira de toutes ses forces. La sirène ne semblait pas vouloir lâcher prise et voulait vraiment Angélica en tant que repas. Angélica frotta la boucle de sa ceinture et invoqua Cracheur. Il cracha du feu par son naseau, repoussant le fouet des sirènes. Cracheur avait beau être d'une grande aide, il ne pouvait pas repousser toutes les sirènes. Un autre lasso réussit à se saisir de la cheville d'Angélica.

Tout sembler hors de contrôle, les sirènes avaient l'avantage sur le groupe et à deux doigts de perdre Angélica. Une puissante voix en colère surgit de la forêt et hurla : « Ça suffit ! »

Les sirènes prirent peur et relâchèrent Angélica avant de disparaître dans les eaux profondes du lac. Le groupe se retourna et vit une lumière venant d'une lampe à huile sortant de la forêt. Il était habillé avec une tenue de travail de mécanicien et son visage était difforme. Il n'avait pas beaucoup de cheveux sur la tête et une lampe à huile dans la main droite. Il arriva au bon moment en sauvant le groupe qui se demandait qui il était.

Chapitre 10 :

L'inconnu de la forêt

L'homme avait entendu des hurlements semblant venir près du lac. Il avait bien fait d'intervenir, sans son aide Angélica et ses amis auraient servi de pater pour sirènes.

— Vous allez bien les jeunes ? demanda Sanok.

— Oui merci de nous avoir aidé monsieur, dit Angélica rassurer.

— Qu'est-ce que vous faisais au bord du lac, il est interdit d'accès sans un chasseur en tant que accompagnateur.

— Nous ne savions pas, dit Wendy.

— Bon ça passe pour cette fois, suivez moi.

L'homme invita le groupe jusqu'à son chez lui pour boire un bon thé aux herbes. Ils traversèrent la gigantesque forêt qui entouraient LongTown et le lac, la forêt était composé immense pins recouvrant le ciel. Il expliqua que cette forêt était supposée être impénétrable, seul lui et l'organisation des chasseurs de Toons connaissait les moindres recoins de ce lieu sauvage. La forêt était peuplée d'un grand nombre de variétés d'animaux différents. Selon lui, l'espèce peuplant une grande partie du territoire de la forêt était des camarganos. Les camarganos étaient des créatures ressemblant à des tigres à dent de sabre, sauf qu'ils étaient beaucoup plus grand et le que leurs canines étaient faites d'émeraude. C'était d'ailleurs une espèce très protégé par l'organisation, une espèce qui était sur le point de s'éteindre et si l'organisation n'intervenait pas, il n'y aurait plus un seul encore en vie. L'émeraude de leurs canines servait à l'époque pour fabriquer des armes anti-Toon. C'était surtout des armes de la ligue de la Gorgone, mais suite à leur déchéance, les populations ont beaucoup augmenté.

Le groupe se demanda où il les conduisit. Cela faisait plusieurs heures qu'il marchait dans la forêt. C'est après au moins une bonne dizaine de minutes de marche que le groupe arriva vers la maison de l'homme. C'était une gigantesque cabane de brique avec un toit en chêne noir. Il y avait un gigantesque potager avec d'énormes citrouilles et potirons. Il semblerait que ce soit un très grand amateur de la tarte à la citrouille, enfin, c'est ce que pense Cole quand il vit la taille gargantuesque de ces légumes. La cabane n'était pas très spacieuse, mais assez pour une seule personne. À l'intérieur, le groupe remarqua la décoration très modeste du lieu. Des vieux meubles en bois, des bocaux remplit avec des morceaux d'animaux et dans le four, une gigantesque tarte à la citrouille.

— Est-ce qu'un morceau de tarte à la citrouille préparé fait maison vous ferait plaisir ? demanda Sanok.

— Oui bien sûr, répondit la plus grande partie du groupe.

— Oui bien sûr je n'ai jamais goûté, répondit Angélica.

— Je vous prépare ceci.

L'homme sortit la tarte à la citrouille du four et la coupa en quatre parts égales. Chacun croqua une bouchée de sa part, à la majorité, tout le monde trouva la tarte délicieuse.

— Hmmmmm, c'est délicieux monsieur, dit Wendy.

— Merci beaucoup mademoiselle, c'est une recette que m'a apprise ma mère alors que je n'avais que 9 ans.

— Dites-moi monsieur, nous n'avons pas eu l'occasion de nous présenter, dit Angélica.

— Oh oui, j'oublis les bonnes manières. Je m'appelle Sanok, je suis le gardien de la forêt des Toons.

— Cette forêt est peuplé de Toons ? demanda Cole.

— Oui et j'en suis le gardien. Je dois empêcher, quiconque aura l'intention de les capturer et de les revendre.

— Il y a un commerces de Toons ?

— Oui mais cela n'est plus arriver depuis la chute de la ligue de la Gorgone. Le directeur de l'organisation m'a demandé de partir, mais je me plais ici. Et puis au moins je suis tranquille avec mes propres occupations.

— Est-ce que c'est déjà arrivé que d'autres personnes se fassent attaquer par vos sirènes ? demanda Cole.

— Non en réalité les sirènes n'ont jamais attaqué un seul élève auparavant, vous êtes les premières à en faire les frais. Elle n'attaque pas généralement pour se nourrir, mais plutôt pour protéger ce qui leur appartient.

— Mais ce lac ne leur appartient pas, il est a l'organisation, dit Angélica.

— Et bien maintenant il est à eux, c'est aussi une espèce protégée. Ce ne sont d'ailleurs pas les seules espèces présentes dans le lac. Il y a aussi une petite famille de palestrominer.

— Je m'en doutais qu'il y en avait dans ce lac, je l'avais dit, dit Cole fièrement.

— Non tu ne l'as pas dit, dit Wendy.

— Bien sûr que je l'ai dit.

— Non tu n'as pas parlé de ce qui vit dans ce lac mais dans les autres.

— Veuillez ne pas vous disputer sous ma cabane, je vous prie.

— Désolé Monsieur.

Sanok remarqua qu'Angélica avait un drôle d'air. Comme si elle avait une douleur ou une pensée néfaste.

— Vous allez bien mademoiselle ?

— Je ne sais pas. Depuis que j'ai appris ce qui était arrivé à mes parents, je me sens bizarre voir déprime.

Sanok fut intrigué par ce qu'elle venait de dire.

— Quelle est votre nom ?

— Angélica Pandolarium.

— Vous êtes une Pandolarium !

— Oui et ce matin, j'ai appris que ma famille a été massacrée par le leader de la ligue de la Gorgone.

— C'est donc vrai.

— De quoi parlez-vous ?

Sanok comprit l'émotion qu'Angélica put ressentir. Il savait parfaitement toute l'histoire, il se leva de sa chaise est sortit un vieux journal moisi et froissé par l'humidité du meuble.

Angélica n'en crut pas le titre de ce journal :

DRAME À LONGTOWN :

Le massacre de la famille Pandolarium, les enfants encore introuvable.

Le cœur d'Angélica fit un bond. C'était quoi ce titre qui ne manquer pas de tact, il était clair, net et précis dans sa tête.

— J'ai connu votre famille. Des gens admirables, ils m'ont été d'une grande aide. Jamais ces Toons ne vivraient dans cette forêt, s'ils n'étaient pas intervenus. Ils sont et resteront les plus grands adversaires qu'a connus la ligue.

Ce n'était pas grand-chose, mais elle put être réconforté par ses quelques mots venant de cet homme. Le groupe décida de ne pas embêter Sanok plus longtemps, et décida de partir au portail. Avant de partir, Sanok leur offrit deux tartes à la citrouille qu'il avait confectionnées. Ils auront un petit en cas durant le trajet. Ils durent traverser à nouveau la forêt qui était devenue très sombre. Le vent était très bruyant. Angélica gardait en mémoire le titre de cet article, mais elle avait toujours gardé en mémoire ça sois disant menace qui pèse sur elle. Lorsque ses amis s'amuser et rigole entre eux, elle était plutôt dans l'inquiétude.

— Franchement il était sympa cet homme, dit Cole.

— Mais il me fait peur, dit Wendy.

— Tout ça à cause de son handicap ! Tu vaux mieux que ça Wendy.

— Je t'ai pas sonné Melvin !

Durant leur traversée, Amy entendit un craquement de branche. Comme quelqu'un qui marchait sur une branche, elle se retourna brusquement :

— Vous avez entendu ?

— Entendu quoi ? demanda Angélica.

— J'ai entendu un craquement.

— Qui a marché sur une branche ?

Tout le groupe se retourna et regarda derrière eux, mais ils ne virent rien.

— Tu as peut-être rêvé ? dit Melvin.

— Pourtant je suis sûr d'avoir entendu quelque chose.

— C'est la nuit, on croit entendre des bruits bizarres mais parfois ce n'est rien.

— Oui, tu as sans doute raison.

Amy crut Angélica et continua leur avancer. La forêt devient de plus en plus sombre et la luminosité se fit rare. Wendy utilisa une lampe torche qu'elle avait dans sa poche. La lumière de sa lampe permis d'offrir un chemin à travers l'obscurité.

Ils continuèrent de se rapprocher de plus en plus de la sortie, mais juste devant eux une forme étrange se forma. Elle prit l'apparence d'un grand homme avec un long manteau muni d'une capuche cachant son visage. Le groupe ne savait pas comment réagir, ils ne savaient pas si c'était un inconnu ou un autre chasseur comme eux. Amy demanda à l'homme son identité, mais il ne prononça pas un mot. Il s'avança et demanda :

— Lequel d'entre vous est Angélica Pandolarium ?

— C'est moi. Que me voulez-vous ?

— J'ai reçu pour ordre de vous capturer, alors vous allez me suivre sans discuter ! dit il en sortant un pommeau de sa longue manche.

Angélica fut prise de panique bien qu'elle n'était pas seule. Le groupe tenta la fuite, mais l'homme était déterminé et utilisa une sorte de petite bombe qui fit s'écrouler un arbre devant eux. Le groupe resta cacher derrière des arbres tandis que l'homme marchait lentement en leur direction.

— C'est qui ce malade ! hurla Cole.

— Je ne sais pas, mais il veut Angélica, répond Amy.

— Angélica qu'es que l'on fait ? demanda Wendy.

— Vous vous souvenez de l'entraînement ?

— Mais on est préparé pour affronter les Toons, pas d'autres chasseurs ! demanda Melvin.

— La seule façon de savoir c'est d'essayer !

— Perso je te suis ! dit Cole.

— Alors on y va !

Tout le groupe se lança au combat, chacun utilisa leurs armes. Cole et Wendy se jetèrent sur lui, il ne faisait que d'esquiver les coups. Melvin tenta une attaque par le haut, mais l'homme attrapa son bras gauche et le projeta au sol. Melvin cracha du sang par la bouche, le choc devait être très violent. Angélica regarda Amy et lui fit signe d'utiliser sa lame. Elle comprit immédiatement, elle appuya sur le bouton de son pommeau et invoqua sa lame au même moment qu'Angélica.

Les deux filles armées de leurs lames foncèrent tout droit sur l'homme. Cole remarqua qu'il sortit un deuxième pommeau de sa deuxième manche, qu'il transforma à son tour en lame. Il se vit armé de deux lames tranchantes. Un duel s'engagea, les filles ne réussirent pas à lui tenir tête. Il maîtrisait ses lames avec une incroyable facilité.

Angélica et Amy furent repoussées violemment, il attrapa Angélica par le col et pointa sa lame au niveau de son cœur. Les autres membres du groupe ne pouvaient intervenir, ils étaient très mal en point et une force étrange les empêchaient de bouger. Angélica avait beaucoup de mal à respirer et l'homme lui dit avec une voix sombre : « Tu vas me suivre que tu le veuilles ou non ». Tout semblait perdu, mais il se fit désarmer de la main droite. Il lâcha Angélica au sol et vit Joshua Prague avec un gant en argent et aux doigts griffus. Il le portait sur sa main gauche, il avait son pouce et son majeur qui étaient dans la même position que pour claquer des doigts. L'homme semblait effrayé de le voir arriver.

— Tiens donc, ça fait longtemps que nous ne sommes pas vu monsieur Kaizen Goule.

— Un petit chien de l'organisation des chasseurs de Toons ! Vous avez senti que je m'en prenais à Miss Pandolarium.

Joshua bougea sa main et d'un petit coup, il enleva la capuche de l'homme laissant apparaître son visage balafré avec trois griffures sur l'œil droit avec une pilosité bestial. Son regard resta braqué sur Prague avec de la méfiance. Prague se mit à rire et se moqua de Kaizen.

— Je vois que vous portez toujours cette méchante blessure, comment va ce bon vieux Tepès ?

— Mon seigneur m'a chargé de la ramener auprès de lui, ce n'est pas un vulgaire larbin de chasseurs qui va m'en empêcher accomplir ma mission.

Il transforma de nouveau son deuxième pommeau et attaqua Joshua. Mais Joshua ne se laissa pas faire, il utilisa sa canne comme une lame pour le désarmer à nouveau. Il utilisa ensuite son gant qui réagissait exactement pareil qu'un taser. Il paralysa son bras gauche. Angélica n'en crut pas ses yeux, elle et le groupe eurent beaucoup de mal à lui faire face, mais pour Joshua s'était comme une routine. Kaizen était en mauvaise posture et décida de s'enfuir dans un écran de fumée noire.

Une fois la fumée dissipée, il disparut aussi vite qu'il était apparu. Joshua se retourna auprès du groupe et demanda si quelqu'un était blessé. Tout le monde allait bien et il aida Angélica à se relever. Au loin, ils furent rejoints par Hendricks, Parks et Becargent.

— Que s'est-il passé Prague ? demanda Hendricks.

— Monsieur Hendricks, Angélica et son groupe se sont fait attaquer par Kaizen Goule.

— Kaizen Goule, l'un des bras droits de Tepès !

— Je pense que nous devons avoir une conversation.

Hendricks ordonna à Becargent et Parks de raccompagner le groupe jusqu'au portail, pendant qu'il eut discussion sérieuse avec Joshua Prague. Ils exécutèrent les ordres et ils retournèrent au portail de LongTown.

Angélica et son groupe furent raccompagnés au portail où ils pouvaient repartir chez eux. Au QG, Melvin eut le droit à des soins pour son bras dans la grande salle du conseil.

— Franchement, qu'est-ce qui vous a pris d'aller au lac des sirènes ! dit Becargent.

— Nous voulions nous reposer, Mais nous avons été attaqué par elle, puis nous avons rencontrer Sanok le gardien de la forêt qui nous a sauvé, dit Amy.

— Sanok ! Ça fait longtemps que je ne l'ai pas vu. Comment va-t-il ?

— Très bien. Il s'occupe des Toon de la forêt.

— Qui vous a parlé de ce lac ?

— C'est Monsieur Prague qui nous a conseiller d'y aller. Il nous a dit que cela nous ferait du bien de nous reposer, dit Angélica.

— Prague.

Un grand blanc s'installa dans la salle, Becargent donna l'autorisation au groupe de partir rentrer chez eux. Dans son trajet jusqu'à chez elle, Angélica repensa à l'homme balafré, elle se souvient de son visage bestial. En enlevant son pull et sa chemise, elle repense à ce qu'il a dit ce soir-là : « Tu vas me suivre que tu le veuilles ou non ! ». La façon avec laquelle il a prononcé ces mots, resta graver dans sa mémoire. Elle finit de mettre son pyjama et s'endormit dans son lit avec un nouvel antagoniste de ses cauchemars.

Pendant ce temps, Hendricks eut une discussion sérieuse avec Monsieur Prague :

— La situation a failli dégénérer Monsieur Hendricks.

— J'en ai conscience, il sait qu'Angélica est parmi nous. Kaizen n'était que du menu fretin. Il va tout mettre en ordre pour la récupérer.

— Je l'empêcherai d'accomplir sa volonté. L'organisation m'a envoyé exprès pour elle et je tiendrai ce contrat.

— Vous êtes peut-être l'un des chasseurs les plus expérimenté de ce siècle, mais Tepès est bien plus dangereux.

— Tepès ne me fait pas peur, je l'ai rencontré une fois et cette fois-ci ; je le taillerai en pièces.

— Moi et Angélica vous faisons confidence.

— J'en suis sur.

Joshua quitte le bureau d'Hendricks en claquant la porte avec colère. Dans le couloir, il croisa Becargent et Parks, il leur souhaite une bonne soirée. Becargent et Parks entrèrent en trombe dans le bureau.

— Hendricks, il faut qu'on parle ! dit Becargent.

— Qu'est-ce qui se passe ?

— Nous pensons que c'est Prague qui a manigances l'attaque de la forêt, dit Parks.

— C'est ridicule ! C'est un chasseur de Toons professionnels. Pourquoi il aurait fait ça ?

— C'est pourtant lui qui a conseillé les jeunes recrues d'aller au lac des sirènes, dit Becargent.

— Quoi !?

— Oui, c'est Miss Pandolarium qui vient de nous informer. Il faut prévenir le directeur Algor.

Hendricks avait beaucoup de mal a rire à ses accusations. Joshua Prague, l'un des meilleurs chasseurs de Toons du siècle, un potentiel membre de la ligue de la Gorgone. Mais il décida de faire confiance à Becargent, son ami de toujours. Il eut une idée derrière la tête, il prit une feuille et écrivit un message destiné au groupe. Un message

disant qu'ils n'auraient pas de mission demain. Si Joshua était

réellement un traître, il s'attaquerait à Angélica demain lors de

leurs absences. Il demanda à Becargent d'accrocher ce

message dans la salle du conseil et de laisser les portes du

bâtiment ouvert. Becargent s'exécuta et après cette demande,

le trio de chasseurs partit au QG prévenir le directeur, de ce

potentiel traître.

Chapitre 11 :

Le retour de Lord Tepès

Angélica arriva devant le bâtiment et vit les portes ouvertes avec un message de Monsieur Hendricks inscrit :

Jeunes recrues

Ceci est un message pour vous prévenir que vous n'avez aucune mission aujourd'hui. Je vous demanderez de nous attendre à la salle du conseil. Nous avons une annonce à vous faire.

C'est tout ce qu'il y avait, Amy arriva au même moment.

— Salut Angélica, ça va ?

— Monsieur Hendricks à laissé ça sur la porte.

— Fait voir.

Amy lut le message de monsieur Hendricks.

— On a encore un jour de congé ?

— Oui, mais ils veulent que l'on les attende dans la salle du conseil.

— Ils sont quelques choses à nous dire.

Wendy arriva au même moment.

— Peut-être pour nous annoncer la fin de la formation.

— Tu as entendu, dit Amy.

— Oui je vous ai entendu à l'autre bout de la rue. Comme ça, on a encore un jour de congé.

— Oui. On va devoir les attendre, dit Angélica.

Les filles entrèrent dans le bâtiment et descendirent dans le puits. Angélica se promena dans le couloir accompagné d'Amy et Wendy, elles se dirigèrent vers la salle du conseil.

— Il va falloir attendre encore combien de temps ? demanda Amy.

— Si je le savais je te l'aurais dit, dit Angélica.

Les filles s'ennuyèrent assis sur les fauteuils. En tournant la tête, Angélica remarqua Joshua partir vers l'une des allées du QG qui était réservée au instructeur. Elle quitta le groupe pour parler avec lui. Elle se souvint qu'elle ne l'avait jamais remercié pour l'autre fois dans la forêt. Elle décida de le suivre à pas de loup.

Elle le suivit pendant un court lapse de temps, ils passèrent non au loin de la salle du bureau d'Hendricks. Elle remarqua qu'il entra dans une pièce, la luminosité se faisait rare et le couloir devint de plus en plus sombre. Elle utilisa les murs pour se repérer et elle avança très lentement jusqu'à la porte. Au moment de frapper, elle entendit deux autres voix. L'une semblait silencieuse avec un brin de timidité et l'autre été très forte, une voix mécontente. La voix avec la plus grande intonation lui rappela quelqu'un et décida d'écouter un petit peu plus en détail. Ce qu'elle entendit été horrible :

— Maî…. Maître, la……la….. la jeune fille est ici ?

— Oui, le timide. Elle est ici et elle est très douée dans le maniement des armes.

— L'autre fois dans la forêt, j'aurais pu vous la rapporter. Mais vous avez préféré continuer de jouer votre comédie !

Sans vouloir, vous offensez, vous n'êtes absolument pas crédible dans votre rôle.

— Ne sois pas si pessimiste, Kaizen. Maintenant que nous l'avons retrouvé, Mihsarta va revenir à la vie.

— Elle….. Elle….. Mai… mai….maîtrise très bien sa lance et elle connaît beaucoup de choses sur les Toons, d'après ce que j'ai entendu ?

— Oui, Hendricks s'est occupé d'elle. Elle connaît aussi la vérité sur la mort de ces parents.

Angélica n'en crut pas ces oreilles, elle surprit une conversation entre membres de la ligue de la Gorgone ; au sein même du QG. Elle décida de plus faire de bruit et continua d'écouter la conversation.

— Avez-vous les reliques avec vous ?

— Non mon seigneur, elle. Nos espions ont fouillé les moindres recoins de LongTown. Mais sans succès.

— Av…… Avez…….vo….vou…..vous essayez l……..le………. Black Hole.

— Non le timide ! Nous n'y avons pas pensé.

— Alors allez-y. D'ici l'année prochaine, je prendrai le contrôle de l'organisation et du gouvernement. Et quand j'aurais réussi, j'obligerai Angélica à devenir l'hôte de Mihsarta.

— Notre maîtresse va enfin revenir dans ce monde.

Angélica fit un petit cri qui attira leur attention. Le timide se dirigea vers la porte et Angélica prit ses jambes à son coup. Au bout du couloir, elle croisa Amy qui l'avait suivie.

— Qu'est-ce que tu fais ici !

— Je t'ai suivi, je croyais que tu allais avoir besoin d'aide pour revenir. Tout le monde est là, même le directeur est présent.

— Il faut que l'on prévienne le directeur et tout de suite !

— Pourquoi ? Qu'est qui se passe ?

— Monsieur Prague est Tepès ! Il faut que l'on prévienne le directeur sur-le-champ !

— Comment ça, Prague est en réalité Tepès ?

— Oui, si je te le dis !

Les filles n'eurent pas le temps de s'enfuir, car une mystérieuse chaîne s'empara de la jambe droite d'Angélica. Elle tomba au sol face contre terre, Amy se baisse et constate la blessure à la tête qu'Angélica eut subie lors de sa chute. Elle se retourna et vit les trois hommes qui s'avancèrent vers elle. Elle reconnut Kaizen l'homme de la forêt, Joshua Prague et l'homme de l'hôtel portant toujours son petit chapeau sur la tête et des habits sale et décrépit. Amy se leva et hurla :

— Vous ne ferez aucun mal à Angélica !

— Écarté-toi, si tu ne veux pas te faire du mal, dit Joshua.

Amy ne sut que faire, les antagonistes se rapprochèrent lentement avec la canne de Prague qui émit des petit bruits effrayant. Amy décida de contre-attaquer avec sa lame, mais le timide arriva juste devant elle et la paralysa avec le même gant en argent que son maître. Angélica se mit à crier le nom de son amie et Joshua utilisa un sort nommé Chain. Quatre gigantesques chaînes surgirent et agrippèrent les membres et le cou d'Angélica. Elle se retrouva crucifier au mur comme une représentation grotesque du Christ. La blessure sur sa tête saignait abondamment, quelques gouttes coulaient à côté de son œil droit et de ses lèvres pulpeuses. Cracheur sortit de sa ceinture pour aider son amie, mais Prague claqua des doigts et il devint pétrifié.

Joshua s'avança vers elle, le bruit de sa canne frappait le sol qui résonna dans tout le couloir. Angélica ne pouvait plus bouger. Joshua se saisit de Cracheur dans sa main et l'enfonça au plus profond de la boucle. Il retourna dans la ceinture sans avoir pu aider Angélica. Il s'approcha et resta figé devant elle.

— Enfin nous nous retrouvons ma petite Angélica. C'est incroyable à quel point, tu es devenu, une magnifique jeune fille, dit-il en lui touchant sa joue tendrement, la dernière fois que je t'ai vu ; tu n'étais encore qu'un bébé. Si j'avais quelques années de moins, j'aurais fait de toi mon épouse.

— Épargnez-moi vos détails pervers ! dit Angélica avec la

main de Prague qui continue ses douces caresses.

Prague lâcha le visage d'Angélica et recula de

quelques pas :

— Tu sais qui je suis ?

— Tepès !

— Oui, on m'appelle Lord Tepès. Leader de la ligue de la

Gorgone et futur seigneur du monde.

— C'était vous le Toon guêpe, l'attaque des sirènes et

l'attaque dans la forêt !?

— Très perspicace ma petite. En effet, c'est moi qui ai tout

organiser. La guêpe et les sirènes devaient de capturer.

Mais vu que tous mes plans on échouer, j'ai été dans

l'obligation de demander à Kaizen de te capturer et de te

ramener à moi. Puis, je me suis souvenu que tu été

toujours avec ton groupe. J'ai été contraint de respecter

mon rôle. Surtout que tu aurais pu deviner que je n'étais

pas Joshua Prague.

— Comment ça !?

— Rappelle-toi de l'énigme. Le muguet est symbole de bonheur et l'œillet est symbole de mal chance. Si tu compares ta famille aux muguets et moi avec l'œillet, qu'est-ce que l'on obtient ?

— Une famille détruite !

— Exactement, ma petite. Je voulais m'amuser un peu avec cette devinette.

— Qu'es que vous voulez de moi exactement !?

— Je veux que nous reformions une famille, toi, moi et Mihsarta !

— Quoi ! Mais je ne suis pas votre fille Qu'es ce que vous racontez !

Tepès s'avance vers elle et la gifla tellement fort qu'elle eut une grande marque rouge sur la joue. Des larmes coulèrent de ses yeux et Tepès hurla en faisant volte-face :

— Silence ! Petite effrontée ! Je t'ai recueilli le jour où ton père m'a supplié de t'épargner ! C'est moi qui t'ai placé dans cet orphelinat pour que tu puisses avoir une vie heureuse chez les humains normaux, une vie sans Toon. C'est également moi qui ai commandité l'attaque contre ta mère ! J'ai pu ainsi attirer Hendricks jusqu'à toi. Tu es devenu incroyablement, forte. TU ME DOIS LA VIE, ALORS TU VAS ME FAIRE LE PLAISIR DE TE TAIRE ET DE ME SUIVRE !

Angélica fut effrayée par le ton de sa voix qui était devenue démoniaque et enrager. Elle fronça les sourcils et cria :

— En aucun cas, je vous dois la vie ! Vous êtes un meurtrier, un assassin, un génocidaire ! Jamais, je ne deviendrai pas la fille de celui qui a hotter la vie de mes parents ! Je ne veux pas être votre petite chose ! Que ça t'il se passer si je refuse votre offre !?

— Je te forcerai, tu seras mienne……. QUE TU LE VEUILLES ! OU NON !

Tepès serra de plus en plus fort la chaîne autour du cou d'Angélica. Elle commença à perdre connaissance, sa vison se troubla et elle vit sa vie défiler devant ses yeux. Ses yeux se fermèrent et son souffle devint de moins en moins bruyant. Dans sa tête, elle se dit qu'elle regrette sa naissance, elle commença à perdre la raison sous l'étranglement de ce monstre. Kaizen et le timide commencèrent à intervenir, car si Tepès continuait cette prise, il tuerait la pauvre jeune fille :

— Seigneur arrêté cette folie, vous allez la tuer !

— Et alors, qu'est-ce que ça change ! Si son âme meurt, ce sera autour de Mihsarta de posséder ce corps !

Le timide et Kaizen lâchèrent leur maître qui continua son étreinte, quand soudain, les chaînes se mirent à se briser et Angélica atterrit au sol. Elle toussa et Tepès regarda dans la pénombre et remarqua qu'il s'agissait du directeur accompagné de tout le monde.

— Monsieur le Directeur, dit Amy malgré sa paralysie.

— J'aurais du me douter que c'était toi Tepès. J'ai reçu des nouvelles concernant le vrai Joshua Prague. Le vrai Joshua Prague a été retrouvé blessé par une lame et tué par un Toon.

— Oui, il n'a pas été très facile à approcher. J'ai dû utiliser les moyens du bord.

— Maintenant Tepès, tu vas laisser Angélica tranquille et nous allons t'arrêter. J'ai demandé à Mona d'envoyer des renforts le plus vite possible.

— Au moment où ils arriveront, je serai déjà parti avec Angélica à mes côtés.

Tepès recula de quelques pas et laissa Kaizen et le timide se battre à sa place. Les deux hommes s'attaquèrent au directeur et aux formateurs. Un duel s'engagea entre Hendricks accompagné de Parks contre Kaizen et le timide. Un duel intense, tandis qu'Angélica se réveilla et Amy redevint maîtresse de ses mouvements. Le timide se fit vaincre par Parks et Kaizen se fit désarmer par Hendricks qui sait très bien se battre avec une lame. Tepès s'avança et tendit la main à Angélica. Il lui dit avec sa voix douce et délicate : « Viens avec moi, ma petite ».

Angélica refusa et Tepès se mit à claquer des doigts et tout le monde se fit désarmer. Les formateurs perdirent leurs lames qui tombèrent au sol, ils n'eurent rien compris. Il n'eurent même pas senti leurs lames tomber de leurs mains.

— Vous êtes surpris ? Je maîtrise la magie avec les mains, a-t-elle point que je n'ai plus besoin de lames plasmas. Toi aussi, tu sauras maîtriser cette magie Angélica. Enfin, si tu me suis.

— Jamais, je ne vous suivrai !

— Comme tu voudras.

Tepès utilisa une pièce dans leur direction et le directeur se mit à les défendre. Un Toon ressemblant à un centipède géants avec des gigantesques mandibules rougeâtre devant sa bouche. Le directeur sortit également une lame ressemblant à la lande d'Angélica et frappa violemment la tête du Toon. Le Toon continua ses offensives, mais le directeur réussit à les repousser tous. Au moment où le Toon visa Angélica Sui était contre le mur, Becargent accompagné d'une dizaine de chasseurs et chasseuses arrivèrent et tailla le Toon en pièces.

Une brume très épaisse se forma suite à l'extermination du Toon. Angélica ne remarqua que les yeux rouges brillants de Tepès disparaissant dans la brume avec ses subordonnées. Il s'enfuit juste devant leurs yeux, en criant au passage qu'il reviendra pour Angélica par n'importe quels moyens. Le directeur et l'organisation tout entière l'eurent compris dès l'arrivée des renforts. Tepès était de retour.

Angélica fut conduite jusqu'au bureau du directeur accompagné des instructeurs Hendricks et Parks. La question du retour de Tepès était très fâcheuse, Angélica était en danger plus que jamais. Tepès était de retour et la sécurité de LongTown n'était pas au point. S'ils eurent réussi à rentrer et à sortir très facilement du QG, qui dit qu'ils ne ressayeraient pas à l'avenir. Ils essayèrent de trouver une solution tous ensemble. Le directeur était assis sur derrière son bureau et aux extrémités, il y avait le professeur Hendricks à droite et le professeur Parks à gauche. Angélica se trouvait au milieu de la pièce assis sur une chaise en bois d'acajou. Elle remarqua que juste derrière le directeur, il y avait une personne qu'elle n'avait jamais vu auparavant. C'était un homme dégarni avec un long manteau brun et un bandeau blanc autour du front. Il semblait être aveugle, il avait toujours les yeux fermé. Il regardait en direction d'Angélica sans prononcer un seul mot. Il sortit une petite mignonnette de la poche de son manteau et bu une gorger de sa mixture. Une mixture rougeâtre qui semblait bouillonner avec des grains de cacao, sûrement du Cherryjervil. Sur son épaule, il avait un paon de couleur noir qui regarde autour de lui. Elle le trouvait plutôt beau avec son plumage noir et sa roue de couleur blanche avec des taches rouges pourpres.

Le professeur Hendricks s'avança avec les mains derrière le dos :

— Monsieur le directeur, nous ne pouvons plus le nier. Tepès est de retour et il est plus dangereux que jamais.

— J'en suis conscient Hector, mais notre sécurité dépend des Toons Servant et des quelques chasseurs n'ayant aucune mission aux quatre coins du globe.

— Je pense qu'Angélica ne doit pas revenir à l'organisation l'an prochain, dit le professeur Parks.

— Oui, c'est trop dangereux, si Tepès réussi à trouver un moyen de revenir, il fera tout pour la capturer, dit le professeur Hendricks.

— Et vous miss Pandolarium, quelle est votre avis ?

Angélica n'avait pas vraiment de réponse à donner, elle est partagée entre sa formation et sa sécurité. Elle leva la tête et regarda les instructeurs. Elle sut ce qu'elle voulait et ne se gêna pas de leur dire sa réflexion :

— Je veux revenir l'an prochain !

— Êtes vous sûr, demanda le directeur.

— Oui, que je sois ici ou chez moi. Je pense qu'il me retrouvera. Je ne peux me cacher indéfiniment. Je veux devenir plus forte et protéger ma mère des méchants Toons !

Le directeur s'attendait à cette réponse. Le curieux personnage se leva et s'adressa à Angélica sur un ton plus brute :

— Elle a raison monsieur le directeur, Tepès a réussi son incursion au sein même de l'organisation. Il réussira à retrouver Angélica chez les humains normaux.

— Vous avez raison Rodéric, Nous allons demandez au gouvernement une surprotection pour le tournoi des académies l'an prochain.

— Un gouvernement ? dit Angélica surprise.

— Vous me semblez surprise Miss Pandolarium.

— Oui, vous n'avez jamais parlé d'un gouvernement monsieur le directeur.

— Oh j'ai dû oublier. LongTown n'est pas la seule ville de ce monde. En vérité, notre monde est beau et bien caché des humains. Mais il y a d'autre ville comme Green Forest ou encore Youngstown. Notre gouvernement est dirigé par le grand dirigeant et il est situé à Youngstown. D'ailleurs, c'est de là-bas que provenait le faux Joshua Prague.

— Attendez monsieur le directeur, dit Rodéric, vous ne pensez pas….

— Si, je pense que Tepès et son armée se trouve là-bas ou aux alentours.

— Lors de mon retour, je préviendrai le grand dirigeant.

— Mais monsieur le directeur, cela ne résout pas le problème de la protection de Miss Pandolarium, dit Parks.

— Ne vous en faite pas, vu que Joshua est mort, je m'occuperai moi-même de la protection de Miss Pandolarium.

— Je vous fait confiance Rodéric.

Il se lève de sa chaise et il se dirigea vers la porte. Ils partirent pour le siège du gouvernement, Angélica arrêta le directeur et lui demanda :

— Monsieur le directeur ?

— Oui, Miss Pandolarium ?

— Comment s'appelle ce monde.

— Notre monde. Il se nomme Riverse'Toon. Le monde des chasseurs et des Toons.

Le directeur et l'homme partirent en claquant la porte derrière eux, laissant Angélica avec les professeurs Parks et Hendricks. Hendricks s'avança vers elle et posa sa main sur son épaule et lui dit d'un ton agréable : « Miss Pandolarium, sachez que vous êtes la jeune fille la plus courageuse que je connais. Rendez-vous dans la salle du conseil, j'ai une annonce à vous faire. ». Suite à ces paroles, Angélica se sentit réconforter. Elle partit à son tour de la pièce en fermant la porte derrière elle. Elle s'avança dans le couloir et vit au loin,

Amy accompagnée des autres. Elle courut en leur direction et Wendy lui demanda :

— Comment ça s'est passé ?

— Je reviens, mais là sécurité va être renforcé.

— Franchement, comment on aurait pu savoir que monsieur Prague était en réalité Tepès, dit Cole.

— Personne n'aurait pu le savoir, dit Angélica.

— Tu as rencontré Rodéric Stains ? demanda Melvin.

— Qui ?

— Rodéric Stains, c'est aussi un des plus grands chasseurs de Toons avec Joshua Prague et Kirsty Mclaggen. Il est l'une des seules personnes pouvant tenir tête aux membres, il a même été félicité par les plus hauts dignitaires du gouvernement.

— C'est lui qui va s'occuper de ma protection l'année prochaine.

— Avec lui, tu es entre de bonnes-mains.

Tous les membres du groupe partirent pour le portail en quittant la base de l'organisation. En descendant les escaliers, elle vit Mona en pleine discussion avec le directeur et Rodéric. Elle continua son trajet jusque devant la porte où Hendricks, Becargent et Parks les attendaient. Ils partirent tous ensemble jusqu'au portail pour retourner au QG.

Angélica remarqua Sanok qui semblait attendre. Il tenait un petit panier en osier avec un torchon blanc dessus. Angélica se détacha du groupe et se dirigea vers lui :

— Miss Pandolarium, je vous attendez.

— Quelle que chose ne va pas Monsieur Sanok ?

— Non, au contraire. Je voulais juste vous donner ce petit panier pour le chemin. J'ai préparé une bonne grosse tarte à la citrouille. Vous pourrez la partager avec les autres ou avec votre mère.

— Merci beaucoup Sanok.

Angélica serra la main de Sanok et lui dit au revoir. Elle regarda en dessous du torchon et remarqua la grande et fameuse tarte encore toute chaude. Elle bavait rien qu'à l'idée de la déguster, son parfum la rendit très appétissante.

Hendricks regarda Sanok partir en direction du lac, il dit à ses collègues que Sanok n'avait pas du tout changer. Toujours aussi aimable et gentil. Melvin remarqua le petit panier en osier autour de l'avant-bras d'Angélica.

— C'est quoi que Sanok ta donner ?

— Une tarte à la citrouille avec la recette.

— Dit, tu ne vas pas manger toute cette tarte toute seule ?

— Bien sûr que non ne soit pas stupide.

Elle partagea cette tarte avec tout le monde, même avec les formateurs. Tous la mangèrent avec appétit. Cole voulut se faire discret en subtilisant l'une des deux dernières parts, mais Angélica le surprit et gifla sa main avec force. Il se mit à crier comme une fillette et Angélica lui dit : « Pas touche, les deux dernières sont pour ma mère ! ». Elle remit le torchon sur les deux dernières parts tandis que Cole se frotta la main. Wendy se moqua de la gifle de Cole et une nouvelle dispute éclata, encore.

Angélica prit une des parts de tarte restante. En dessous, elle remarqua un papier plié en quatre. Elle lut son contenu et remarqua qu'il s'agissait d'un message de Sanok. Sa recette de tarte. Il était écrit :

Miss Pandolarium,

Je vous fais part de ma recette de tarte à la citrouille. J'ai bien réfléchi et j'ai décidé de la partager avec vous pour que vous puissiez en profiter avec votre famille. Il y a un ingrédient qui se trouve chez les normaux que vous connaissez sûrement, la cannelle en poudre. Ceci donne un succulent arôme, n'hésiter pas à vous en procurez.

Profitez de cette tarte et de sa recette en espérant que vous l'a trouverez toujours aussi délicieuse que la première fois.

Sanok

Angélica était très privilégiée, elle fut la seule à recevoir la recette de Sanok. Une recette supposée secrète.

Le groupe était dans la salle du conseil, Hendricks leur fit enfin la fameuse annonce.

— J'ai une annonce à vous faire jeunes recrues. Votre session de formation est terminée.

— Elle est passée vite cette session, j'aurais aimé que cela dure un peu plus longtemps, dit Wendy.

— Mais le mois prochain, vous passerez le grand test pour devenir un vrai chasseur de Toon.

— Un test ! dit Melvin.

— Il se déroulera à Youngstown la capitale de Riverse'Toon. L'organisation a donc décidé de vous laisser toute la fin du mois comme repos. Vous devrez revenir le 1 août à 8 h 30 à cet endroit précis. Nous prendrons le bus et direction Youngstown.

— Est-ce que nous devons prévoir quelque chose ? demanda Angélica.

Assez de vêtements pour deux à trois semaines. Vous serez nourri, loger et chauffer. D'autres questions ?

Non rien, personne semblait avoir de questions. Hendricks les laissa retourner chez eux. Cependant, dehors, le groupe eut une autre discussion.

— Ce monde va beaucoup me manquer en un mois, dit Amy.

— Vous le saviez que nous étions dans un autre monde, dit Angélica.

— Bien sûr, c'est Wendy et Melvin qui nous l'a dit dès le premier jour de formation.

— J'étais la seule à ne pas le savoir. Pourquoi ne pas m'en avoir parlé plus tôt.

— Nous voulions t'en parler, mais Monsieur Hendricks nous a fait jurer de ne pas le faire. Il a jugé que tu devais le savoir par toi-même, dit Wendy.

— Eh bien, c'est le directeur qui me l'a appris. Mais personnellement, il n'y a pas que ce monde qui va me manquer.

— Quoi ?

— Vous aussi vous allez me manquer. Ces trois semaines

sans vous seront longues. J'ai fini par m'habituer à vous.

— De même pour moi, dit Amy.

— Mais nous nous reverrons, surtout que le moi prochain

nous aurons le grand test, dit Melvin.

— Je suis sûr de pourvoir y arriver.

— En même temps c'est facile Angélica, tu es la plus forte du

groupe, dit Amy.

— Toi tu es forte Amy. C'est toi qui as eu les meilleurs plans

lors de nos missions.

Ce fut une séparation larmoyante, il serrait tous

comme si c'étaient des adieux. Pourtant, ils savaient qu'ils se

reverraient le mois prochain pour le grand test. Ils partirent

tous pour rentrer chez eux, enfin jusqu'au mois prochain.

Cracheur sortit de la ceinture pour réconforter Angélica. Elle

lui dit les larmes aux yeux : « Au mois prochain les amis. ».

Elle partit à son tour pour rentrer chez elle.

Mais pendant ce temps dans un baraquement non au loin de LongTown, Tepès accompagner du timide et de Kaizen entrèrent dans la demeure. Tepès tapa sur deux sonnettes et le trio tomba dans une sorte de précipice qui les mena dans une gigantesque salle situait en dessous des fondations. Une salle gigantesque entièrement fait de pierres et avec comme seule source de lumière, des torches enflammé. Tepès s'avança vers le centre de la pièce avec un étrange socle avec une curieuse pierre noire. À son contact, des personnes habillé avec des longs manteaux à capuche surgissent de la pénombre. Tepès regarda une nouvelle fois devant lui et vit une vingtaine de marches menant à un mur avec un symbole tracé avec du rouge. Un symbole représentant la tête d'une gorgone avec ses cheveux de vipères et sa langue fourchue. Il se retourna vers les personnes et entama un discours glaçant : « Mes amis…….. J'ai une grande nouvelle à vous annoncer. Angélica Pandolarium a atteint le vénérable âge de 16 ans. Il est temps, mes amis, que nous reprenions là où nous en étions.

Notre reine et seigneur divine, Mihsarta à enfin son hôte. ». Il tendit la pierre noire au bout de son bras et dit avec une voix diabolique et effrayante : « Il n'y a plus qu'à la cueillir ! ». Ses yeux reprirent leur couleur d'origines, le rouge sang. Les adeptes crièrent tous : « Gloire à Lord Tepès, Gloire à Mihsarta ! ».

Que ce soit pour Tepès ou pour Angélica, la partie va bientôt commencer.

FIN